www.b-books.co.kr

헌터 레볼루션

헌터 레볼루션

1판 1쇄 찍음 2020년 1월 14일
1판 1쇄 펴냄 2020년 1월 20일

지은이 | 정사부
펴낸이 | 정 필
펴낸곳 | (주)뿔미디어

편집장 | 문정흠
기획 · 편집 | 정대영

출판등록 | 2002년 9월 11일 (제1081-1-132호)
주소 | 경기도 부천시 원미구 소향로 17번길(두성프라자) 303호 (우) 14544
전화 | 032)651-6513 / 팩스 032)651-6094
E-mail | bbulmedia@hanmail.net
비북스 | http://www.b-books.co.kr

값 8,000원

ISBN 979-11-90453-41-7 04810
ISBN 979-11-315-9849-8 04810 (세트)

BBULMEDIA FANTASY STORY

헌터 레볼루션

정사부 현대 판타지 장편 소설

1. 부작용을 깨닫다 ⋯ 7

2. 키스 ⋯ 35

3. 놀이공원에서 ⋯ 63

4. 돌발 게이트 브레이크 ⋯ 95

5. 오크 라이더와의 전투 ⋯ 125

6. 전투가 끝나고 ⋯ 153

7. 고민 ⋯ 185

8. 제안 I ⋯ 215

9. 길드 설립 ⋯ 247

10. 제안 II ⋯ 275

1. 부작용을 깨닫다

네 명의 존재가 한데 모여 대화를 나누고 있었다.

그들이 있는 공간을 한마디로 표현하자면. 암흑이란 말이 알맞으리라.

그런데 특이한 건 짙은 어둠 속에서도 그들은 서로를 선명하게 느끼는지 불편함 없이 이야기를 했다.

"앙칼리우로스, 네 부하는 이번에도 별다른 활약 없이 소멸했다며?"

불길한 기운을 풍기는 존재가 자신의 오른쪽에 위치한 검은 존재를 보며 물었다.

앙칼리우로스라 불린 그는 자신을 향한 물음에도 아무런

표정 변화가 없었다.

"그놈들이야 어차피 소모품에 불과하다. 내가 맡은 일은 내가 알아서 하지."

앙칼리우로스는 감정이 전혀 묻어나지 않는 목소리로 말을 하던 중 무언가를 떠올리고는 비틀린 웃음을 지었다.

"번, 너야말로 마계의 대마왕이라 떠들면서도 아직까지 마계를 평정하지 못하지 않았나?"

"누가 그런 소리를 하지? 이미 마계는 나, 번의 것이야! 디아블로도, 세이튼도 모두 무릎을 꿇었다. 그리고 만약… 우렐리우스의 중재가 없었다면 중간계까지 내 손안에 들어왔을 테지."

모든 용족의 왕인 흑룡왕 앙칼리우로스를 노려보는 번의 두 눈에는 모든 것을 태워 버릴 듯한 분노가 담겨 있었다.

하지만 앙칼리우로스는 심드렁한 표정으로 그의 일갈을 무시해 버렸다.

대신 열두 장의 날개를 가지고 있는 존재를 보며 물었다.

"아직도 구멍을 뚫는 데 한계가 있나?"

조금 전까지 분노를 터뜨리던 번도 이번만큼은 아무런 반박도 하지 않고 천사의 형상을 띤 존재를 쳐다보기만 했다.

"이미 잘 알고 있지 않나요? 아무리 발버둥을 쳐도 현재로서는 그 정도가 최선이에요."

천족의 왕, 우렐리우스는 태연히 대답하였다.

그러나 평온한 목소리에서 나오는 최선이라는 단어는, 이 자리에 존재한 이들이 원하는 내용이 아니었다.

이들은 자신들의 세계가 멸망한다는 것을 알고 그것을 피하기 위해, 아니, 생존을 위한 방법을 모색하고 있는 중이었다.

원래 이들은 각각 칸트라 차원에 존재하는 절대자로서, 차원의 지배를 놓고 겨루던 경쟁자였다.

천족들의 우두머리이자 천계를 지배하는 우렐리우스, 그리고 그런 그와 대척점에 서 있는 마계의 지배자인 대마왕 번.

천계와 마계의 중간에 존재하며, 중간계의 정점이라 일컬어지는 모든 용족들의 수장, 흑룡왕 앙칼리우로스.

그리고 마지막으로 칸트라 차원을 지탱하는 근원이자 법칙의 일부인 정령왕 엘리오스까지.

이들 넷은 칸트라 차원을 차지하기 위해 과도한 경쟁을 벌이다가 결국 차원의 멸망을 불러왔다.

아무리 엄청난 힘을 가지고 있는 존재라 하더라도 생존에 대한 욕망은 가지고 있기 마련이라, 멸망을 향해 달려가는 자신들의 세상을 구원하기 위해 뒤늦게 온갖 노력을 기울였다.

차원을 뒤흔드는 거대한 기운을 통제하고, 차원의 균열을 어떻게든 메워 보려 무진 애를 쓰고는 있으나… 한차례 뚫린 차원의 벽은 강대한 그들의 힘으로도 복구할 수 없었다.

그런데 하늘이 무너지더라도 솟아날 구멍은 있다고 했던가.

이들에게 구원의 손길이 다가왔다.

그것은 정말로 생각지도 못한 존재의 등장이었다.

그는 자신을 칸트라 차원과는 다른 곳에서 온 존재라 하였다.

갑자기 나타난 그가 처음으로 꺼낸 것은 한 가지의 제안.

균열을 더욱 벌리자.

더 이상 들을 가치도 없는 말이었다.

어떻게든 살기 위해 균열을 메우고 있는 자신들에게 툭 내뱉은 말, 그 한마디가 끝없는 의심과 함께 실낱같은 희망의 불씨를 심어 주었다.

대마왕 번이나 흑룡왕 앙칼리우로스의 머릿속은 그자에

대한 불신으로 얼룩지다가도 곧 소멸의 공포에 몸을 떨며 제안을 받아들일 수밖에 없었다.

너무도 생경하면서, 또 칸트라 차원의 군주 중 하나인 자신들보다 강한 존재감을 가지고 있는 그와 손을 잡고 차원의 균열에 더욱 힘을 쏟아 구멍을 벌렸다.

그러고 나서 벌어진 구멍을 통해 의문의 존재가 온 차원과 연결했다.

다만, 법칙이 다르기 때문인지 차원을 넘어서는 힘을 쓸수가 없는데다가 차원의 구멍이 너무나 작아 자신들은 물론이고, 밑에 있는 직속 부하들마저 쉽게 넘어갈 수가 없었다.

차원의 구멍을 통해 본 그자의 세계는 너무도 허약했다.

예전 칸트라 대륙에 번성하던 인간들이 왕성하게 활동하는 모습을 보며 깜짝 놀라기는 했지만, 오래전 멸망한 칸트라 인처럼 지구란 세계의 인간들은 오만하고 힘도 별로 없으면서 차원을 벗어나려는 망상을 하고 있었다.

그 때문에 의문의 존재와 협력하면서도 네 존재는 속으로 비웃었다.

자신들의 힘을 이용해 지구를 진화시키려는 허황된 생각을 품은 그를 보며, 오히려 제안을 뒤집어 그곳을 차지하기로 마음먹었다.

그렇게 해서 짜여진 계획은 각자 구역을 정해 힘을 쏟으며 역할을 분담하자는 것.

차원에 구멍을 뚫는 일에는 천계의 왕인 우렐리우스와 정령왕 엘리오스가, 그 후에는 대마왕 번과 흑룡왕 앙칼리우로스가 권속을 지구로 보내 그곳을 자신들의 세계와 비슷하게 만들기로 한 것이다.

처음에는 무척이나 힘들었다.

차원에 구멍을 내도 겨우 최하급 몬스터나 마수 따위만 보낼 수 있을 뿐이고, 그 이상의 힘을 가진 이들을 보내면 지구에 적용되는 법칙에 의해 소멸을 맞이했다.

하나 그럼에도 그들은 포기하지 않고 궁리를 계속한 끝에 방법을 찾아냈다.

지구에서 몬스터나 마수가 죽음을 맞이할 경우, 가지고 있던 마나나 마력은 대기 중에 남았다.

그리고 그렇게 퍼진 마나와 마력으로 인해 차원을 가로막고 있는 차원의 벽에 더욱 쉽게 구멍을 낼 수 있었다.

그런 까닭에 그들은 하급 몬스터와 마수를 끊임없이 지구로 보내는 한편, 차원의 구멍을 뚫는 일에도 매진해 왔다.

그 과정에서 지구의 인간들이 각성하게 되었지만, 그래봐야 상급 몬스터 정도에 지나지 않았다.

그만큼 한계치가 뚜렷하기에 그들은 별다른 위협을 느끼

지 않았다.

다만, 직속 권속 몇을 더 보내긴 했지만, 이는 자신들에게 손을 내민 존재를 견제하며 보다 빠르게 차원을 넘기 위해서였다.

한마디로 일종의 꼼수를 쓴 것이었다.

물론 예상밖으로 실패를 하고 말았지만.

특히나 흑룡왕 앙칼리우로스의 권속인 스케나톤과 오마르는 별다른 활약도 하지 못한 채 인간들의 손에 의해 죽임을 당하고 말았다.

그중에서도 어스 드레이크 오마르의 어처구니없는 죽음은 앙칼리우로스를 당황하게 만들었다.

자신의 피를 조금이나마 갖고 있는 그의 패배는, 일개 몬스터 따위가 드래곤을 이긴 것만큼이나 말이 되지 않는 일이기 때문이었다.

힘을 제대로 받아들이지도 못한 상태에서 강제로 차원을 건너가게 된 그는 별로 위협도 되지 않는, 버러지 같은 인간들에게 사냥당하고 말았다.

만약 오마르가 제대로 힘을 갈무리한 상태라면 다음 원정대가 넘어갈 때까지 충분히 시간을 벌어줄 수 있을 것이고, 이후에는 원정대와 합류하여 인간들을 밀어내고 그곳에 거점을 마련할 수도 있었다.

하지만 꼼수는 예상치 못한 변수로 인해 망쳐졌다.

아무리 신에 가까운 권능을 가진 앙칼리우로스라 해도 인간의 욕심을 미처 가늠하지 못한 것이었다.

망각을 하지 않는 흑룡왕 앙칼리우로스라지만, 그가 태어나기도 전에 칸트라 인이 멸망해 버린 탓에 인간이란 종족의 욕심이나 욕망에 대한 건 전혀 알 수가 없었다.

때문에 앙칼리우로스로서는 인간의 욕심이 얼마나 어처구니없는 일을 초래하는지 알 수가 없었다.

여하튼, 그렇게 오마르에게 주어진 권능의 일부는 제대로 한 번 써 보지도 못한 채 엉뚱한 존재에게 넘어가 버렸고, 그것이 앞으로 어떻게 작용하게 될지는 현재로서는 아무도 예상할 수 없었다.

비록 권능의 주인인 앙칼리우로스라도 말이다.

"당신들이 권능을 허비한 바람에 차원에 구멍을 내는 일이 더욱 힘들어졌어요. 다만, 새로운 틈을 찾았으니, 당신들이 조금만 도와준다면 보다 쉽게 권속들을 차원 너머로 보낼 수 있을 거예요."

우렐리우스는 두 존재를 쳐다보며 얘기했다.

하지만 정작 그렇게 말한 그조차도 이들 몰래 차원 너머로 권속을 보냈고, 그 계획에는 정령왕 엘리오스도 합류한 상태였다.

다만, 번과 앙칼리우로스와는 다르게 아주 미약한 힘을 가진 권속만 보냈기에 아직까지는 두 존재에게 들키지 않았다.

덕분에 우렐리우스는 그들 앞에서 큰소리를 칠 수 있었다.

한편, 그런 사실을 전혀 모르는 번은 우렐리우스의 말을 듣고는 고개를 갸웃거렸다.

"우리의 힘?"

생존을 위해 협력하고는 있지만, 이들은 사실 차원의 지배권을 놓고 수만 년을 다투던 존재들이다.

그렇기에 각자의 역할을 분담하여 일을 진행하긴 해도 서로의 일에 관여하진 않았다.

그런데 이제 와서 힘을 보태라니.

번은 고개를 돌려 앙칼리우로스를 쳐다보다가, 마침 눈동자를 마주쳤다.

그와 동시에 그의 눈빛에서 자신과 같은 의문이 담겨 있는 걸 확인할 수 있었다.

*　　　*　　　*

경적 소리가 요란한 도로 근처 공원.

헌터 협회 직할대인 팀 유니콘 제5전대 대원들이 공원 벤치에 앉아 이야기를 나누고 있었다.

"야! 너희 데이트에 왜 애인도 없는 날 끌고 온 건데!"

5전대의 전대장인 최수연은 미간에 골을 만들며 자신을 이 자리에 끌고 온 신초롱과 이하윤을 노려보며 물었다.

"오랜만에 얻은 쉬는 날인데, 이렇게 밖에 나와 남자라도 찾아야지!"

"맞아! 언니도 낼모레면 서른이야!"

둘의 말에 그녀는 순간 머릿속에서 뭔가 끈이 끊어지는 듯한 느낌이 들며 화가 치밀었다.

"이것들이!"

"아, 저기 오빠들 온다."

막 최수연이 두 사람에게 화를 내려던 찰나 정미나가 누군가를 발견한 것인지, 오른쪽을 바라보며 소리쳤다.

무언가 더 말을 하고 싶었으나, 누군가 온다는 소리에 화를 내려다 꾹 눌러 참았다.

괜히 다른 사람들 앞에서 두 사람에게 화내는 모습을 보여, 안 좋은 이미지를 심기는 싫었다.

"어!"

이내 화를 다 삭인 끝에 고개를 돌린 최수연은 걸어오는 사람들 중 익숙한 얼굴에 의아한 표정으로 소리를 질렀고, 그건 상대도 마찬가지였다.

"어? 누나가 여기는 어쩐 일이야?"

오늘 아침 여자 친구와 데이트를 간다던 동생이 이곳에

있었다.

게다가 그의 어처구니없다는 표정이 마치 자신을 놀리는 것처럼 느껴진 탓에, 겨우 삭인 화가 다시 치솟으려 했다.

"하, 이것들이 진짜… 지금 나 놀리는 게 재밌나?"

각자 짝이 있는데 자신 혼자 외톨이인 모습이라니.

일부러 놀리려 한 게 아닌 이상 이런 상황이 만들어지지는 않았을 터.

그리고 언제부터 애인이 생긴 지는 모르지만, 조용한 권인하조차도 자신과 비슷한 또래의 남자와 웃으며 이야기를 하고 있었다.

'저건 언제 애인을 만든 거야?'

신초롱이나 이하윤이 자신의 동생과 또 그 친구와 연애를 한다는 것은 이미 알고 있는 사실이었다.

그런데 막내인 정미나도 그렇고 부전대장인 권인하 마저 남자와 웃으며 이야기를 하고 있다니…….

"놀리긴 누가 놀려! 그런데 다른 사람은 다 애인이 있는 것 같은데 누나는 없어?"

최수형은 자신의 누나인 최수연을 보며 고개를 갸웃거렸다.

누나가 전대장으로 있는 팀 유니콘의 멤버들은 모두 하나같이 미인들이다.

그러나 객관적으로 볼 때, 그 중에서도 가장 예쁘다고 생각하는 사람은 땅바닥에 떨어진 나뭇가지보다 못한 친누나인 최수연이었다.

그러한 생각을 가지고 있는 최수형이기에 누나가 애인이 없는 것이 좀처럼 이해가 가지 않았다.

"그래, 없다. 네가 소개나 좀 해 봐라!"

최수연은 짜증 나 아무 말이나 했다.

그런 그녀의 모습에 막내 정미나가 소리쳤다.

"수형 오빠! 재식 오빠 연락되면 불러 봐!"

"재식이?"

"응, 요즘 무슨 일인지 우리가 연락하면 바쁘다고 바로 통화를 끊거든!"

"그래? 그런데 재식이는 왜?"

수형은 정미나의 말에 고개를 갸웃거리며 이유를 물었다.

연락하는 거야 별로 어려운 일이 아니지만 뜬금없이 나온 재식의 이름에 호기심이 생긴 탓이었다.

"응, 그거! 그건 수연 언니가 재식… 업!"

막 이유를 말하려던 정미나의 입이 최수연에 의해 막히면서 대답을 제대로 들을 수가 없었다.

"누나, 무슨 일인데?"

"아, 아무것도 아니야!"

급히 정미나의 폭로를 막기는 했지만……

주변에는 이야기를 할 입이 너무도 많았다.

"그건 말이지……."

"야! 신초롱! 그 입 다물라!"

"그래? 그럼 내가… 수연 언니가……."

"이하윤! 니들 정말 이럴 거야!"

권인하를 뺀 그녀들이 엎치락뒤치락, 치열한 공방을 벌이는 모습을 보며 최수형은 고개를 갸웃거렸다.

아옹다옹하고 있는 그녀들을 한심하다는 듯 보고 있는 권인하에게 다가갔다.

"누나, 우리 누나하고 쟤들 왜 저러는 거예요?"

"그게……."

권인하는 최수연을 보며 그에게만 들리게 작은 목소리로 이유를 알려 주었다.

"네? 누나가 재식이를 좋아한다고요?"

수형은 깜짝 놀랐다.

다른 이도 아닌 누나가 자신의 친구를 마음에 품고 있다니.

하지만 곧 고개를 끄덕였다.

몇 년 만에 재회한 재식은 예전에 알던 그가 아니었기에…….

＊　　　＊　　　＊

재식의 눈앞에는 커다란 트롤 한 쌍이 침을 흘리며 있었다.

"역시 이곳으로 오길 잘했네."

애초 자신이 찾고 있던 목표를 생각보다 빨리 찾은 탓이었다.

게다가 트롤이라면 변한 자신의 능력을 충분히 테스트할 수 있을 것이라 생각했기에 입에는 희미한 미소까지 흘러나왔다.

쿠어어어!

그의 미소를 비웃음으로 이해한 건지, 갑자기 수컷 트롤이 흉포한 괴성을 내지르며 당장에라도 달려들 것처럼 자세를 잡았다.

이에, 재식은 먼저 나서 한 쌍의 트롤를 향해 달렸고, 그와 함께 억제하던 마력을 풀어 신체를 활성화했다.

그러자 곧 심장에 뭉쳐 있던 마력이 신체를 돌며 세포 하나하나에 힘을 전달했다.

이윽고 평범하던 재식의 몸이 순식간에 트롤만큼이나 커졌다.

뿌드득, 뿌드득.

걸치고 있던 옷이 비명을 지르며 넝마가 되어 갔다.

바지와 상의가 너덜너덜해졌을 때, 마치 또 하나의 트롤이 나타난 듯한 모습이었다.

하나, 그것도 모든 마력을 풀어낸 것이 아니라 임의로 정한 1차 리미트만 해제한 것뿐이었다.

그 모습에 마주 달려오던 트롤들은 순간 흠칫하며 속도를 줄였다.

그러나 재식은 놈들의 반응과는 상관없이 빠르게 돌진했다.

쿵!

첫 몸통 박치기에 암컷이 튕겨 날아갔다.

곧바로 재식이 옆차기로 남은 수컷 트롤의 옆구리를 정통으로 차 버리자 두둑, 하는 소리와 함께 갈비뼈가 부러져 버렸다.

옆구리를 얻어맞은 놈은 컥컥거리며 나뒹굴고, 재식은 다시금 달려들어 파운딩을 걸었다.

퍽, 퍽, 퍽!

주먹과 팔꿈치로 수차례 얼굴을 짓이겼다.

그러는 사이 정신을 차린 암컷은 수컷을 구하기 위해 재식에게 달려들었고, 그는 파운딩을 한 자세에서 백 텀블링을 하여 거리를 벌렸다.

누군가 그 모습을 멀찍이서 바라본다면, 마치 두 마리 괴물과 거인 한 명이 싸움을 벌인다고 생각할지도 모를 일이었다.

쿠워어어!

실컷 공격을 당한 수컷이 커다란 포효를 내지르며 씩씩거렸다.

그러나 재식은 꽤나 화가 난 그 모습에도 표정의 변화가 없었다.

쿠어어어!

그러는 사이 수컷 트롤이 다시 한번 포효를 내지르고, 재식을 향해 달려들었다.

그는 휘두른 팔을 피해 몸을 숙이며 더욱 안으로 파고들었다.

그러고는 뒤통수 위로 지나가는 트롤의 팔을 잡아 순식간에 몸을 반대로 틀어 한판 업어치기를 하였다.

그에 그치지 않고 쓰러진 수컷 트롤을 놔두고서 그 뒤로 달려드는 암컷을 향해 뒤돌려 차기를 사용하여 날려 버렸다.

그렇게 암컷을 처리한 재식은 아직 일어나지 못하고 있는 수컷 트롤에게 달려가 머리에 사커 킥을 날렸다.

펑!

진짜로 공이라도 차는 듯한 소리가 퍼지며 트롤의 상체가 번쩍 들리자, 재식은 거기서 멈추지 않은 채 목을 틀어잡고 손아귀를 그러쥐었다.

크억, 컥.

괴로운 듯 캑캑거리는 녀석의 기침 소리에도 손아귀에 더욱 강한 힘을 주었다.

그러자 얼마 지나지 않아 놈의 목뼈는 재식의 악력을 견디지 못하고 부러져 버렸다.

우드득―

털썩!

"후우~ 트롤도 별로군."

재식은 목을 틀어쥔 손을 풀고서 남은 암컷 트롤을 돌아봤다.

놈은 전투가 너무 순식간에 끝나 버리자 이러지도 저러지도 못한 채 멍하니 그 장면을 지켜보기만 했다.

크앙!

하지만 그것도 잠시, 암컷 트롤은 이내 정신을 차리고 울부짖었다.

짝을 잃은 슬픔과 분노가 가득했다.

암컷 트롤은 씩씩거리며 부러진 나뭇가지를 집어 들어 사방으로 휘둘렀다.

흙과 자갈이 사방으로 비산하며 주변을 초토화시켰으나, 재식은 눈 하나 깜박 안 하고 제자리에 서 있었다.

그런 그를 보며 암컷 트롤은 다시금 고함을 내지르며 달려들기 시작했다.

그러나 수컷보다 약한 녀석이 재식에게 위협이 될 리가

없었다.

재식은 그대로 달려드는 암컷의 복부에 주먹을 꽂아 버리고, 곧장 꺾인 상체에 어퍼컷을 날렸다.

퍼, 퍽!

그러자 순간 몸이 들썩이며 공중에 떴고, 그 상태로 안면을 잡아챈 재식이 온 힘을 다해 들어 올려 다시금 바닥에 내려찍었다.

쿵!

너무도 순식간에 벌어진 일이었다.

암컷 트롤은 자신이 어떻게 당한지도 모르게, 한순간에 뒤통수가 함몰되어 죽어 버렸다.

그렇게 간단히 두 마리의 트롤을 사냥하고서 제자리에서 일어났다.

"후우~"

길게 한숨을 쉰 재식은 자신이 벌인 결과를 내려다보았다.

"으음……."

지금의 전투 결과가 그리 썩 마음에 들지 않은 탓에 인상이 찌푸려졌다.

두 마리 트롤을 빠른 시간에 잡은 것은 만족스러운 결과였다.

그러나 전투 과정에서 순간 흥분하여, 보다 간단하게 제

압이 가능함에도 그러지 못한 채 뒤통수를 함몰시켜 버렸다.

"이걸 어떻게든 해야 할 텐데."

심장 이식 수술을 마치고 재식은 신체 능력이 자신의 예상한 범위 내에 들어온 것에 꽤 만족했다.

하나, 향상된 신체 능력을 시험하는 과정에서 생각지도 못한 부작용을 발견하게 됐다.

그것은 바로 폭력성.

분명 이성은 또렷하지만 몬스터와의 전투 과정에서 흥분하여 과도하게 손을 쓰는 것이다.

결과만 놓고 본다면 부작용이라 할 수도 없는 일이지만, 흑마법사인 챠콥의 능력까지 흡수한 재식으로서는 그것이 썩 마음에 들지 않았다.

전투 상황 속에서도 냉정한 이성으로 모든 상황을 통제하여 전투를 끝마쳐야 나중에 강한 적을 만날 경우에도 제힘을 낼 수가 있었다.

일전에 전이된 기억에서 알 수 있듯이 오마르는 최상인 상태가 아니었다.

만약에 이후, 본 힘을 모두 가진 상대가 나타난다면 지금과 같은 힘의 낭비는 치명적인 약점으로 드러날 수도 있었다.

그렇기에 재식은 전투 중 흥분하는 근본을 찾아 고쳐야

한다고 생각했다.

사실 이런 적이 한두 번이 아니었다.

이식수술을 마치고 오크 캠프를 찾았을 때에도 처음은 괜찮았다.

하지만 전투가 시작되고 얼마 지나지 않아 일이 벌어졌다.

심장이식을 마치고 적응한지 얼마 되지 않은 때라 때때로 신체에 과도한 마력이 흘러 통제하지 못했고, 결국 공격을 받은 오크들은 흔적도 찾지 못하게 터져 버렸다.

그러면서 주변에는 붉은 안개가 생겨났다.

결국 그곳에서 흘러나오는 혈향으로 인해 재식은 순간 이성을 잃고 흥분하여 전투를 벌였다.

전투가 모두 끝나고 저 멀리서 다른 인기척을 느끼며 이성이 돌아와 현장을 벗어나긴 했지만, 자칫하다 정신을 차리지 못하고 사람을 상대로 학살을 되풀이할 수도 있던 일이었다.

그래서 적응 훈련을 겸해서 관악산 몬스터 필드가 아닌 이곳 북한산 몬스터 필드로 장소를 옮긴 것이었다.

괜히 약한 오크를 상대하다가 이성을 잃는 경험을 하기는 싫은 탓에, 보다 신체 능력을 완벽하게 통제할 수 있을 때까지 트롤을 상대로 훈련하기 위해서였다.

"조금 더 마력을 줄여서 시험해 봐야 하나?"

새롭게 이식한 기가스의 심장과 핵이라 할 수 있는 오마르의 마나 하트는 재식의 생각보다 많은 마력을 생산하여 신체에 공급하고 있었다.

뿐만 아니라 새롭게 유입된 몬스터의 유전자는 엄청난 신체 능력을 보여 줘 통제하는데 어려움을 겪는 중이었다.

그나마 몬스터를 대상으로 전투를 벌이는 과정에서 향상된 신체와 마력을 통제하는 노하우를 찾았기에 이 정도라도 되는 것이었다.

이런 생각을 할 수 있던 것도 악연인 챠콥에게 붙잡혀 생체 실험을 당한 적이 있기에 가능했다.

냉정한 이성을 가진 마법사의 유전자를 가지고 있지 않았다면, 대한민국에 또 다른 7등급 몬스터 출현으로 난장판이 됐을지도 모르는 일이다.

그만큼 오마르의 마나 하트와 유전자, 그리고 경매로 사들인 기가스의 심장이라는 두 조합은 재식에게 엄청난 능력을 선사했다.

모르긴 몰라도 지금 신체 능력만으로는 S급 헌터인 무신 이용진이나 뇌신 김현성, 그리고 괴물 백강현 이상으로 뛰어날 것이다.

다만, 그런 신체 능력을 제대로 통제할 수 없어 결과를 장담할 수는 없을 뿐이었다.

재식의 계산대로라면 경험이 쌓이고 또 신체의 모든 능력을 통제할 수 있게 된다는 가정 하에, 혼자서 7등급 보스 몬스터를 넘어 8등급 엘리트 몬스터까지도 일대일로 상대가 가능하다는 판단이 섰다.

그러니 만약 재식이 이러한 능력들을 모두 갈무리 한다면, 세계의 헌터 길드를 나아가 국가도 함부로 할 수 없을 것이었다.

그리고…….

"그게 내 목표다!"

힘이 없을 때는 부당한 대우에도 아무 소리 하지 못하고 쫓겨났다.

자신은 물론이고, 가족의 안위를 위해서라도 상대의 힘에 눌린 채 참을 수밖에 없었다.

하지만 힘을 갖게 된다면 상황은 역전될 것이다.

"그러니 최대한 빠른 시일 내에 그러한 힘을 얻어야만 돼."

지금도 충분히 강함에도 재식은 마음이 급했다.

보물은 지킬 수 있을 때에서야 비로소 자신의 것이었다.

만약 다른 사람으로부터 혹은 거대 단체로부터 지킬 힘이 없다면, 그것은 보물이 아니라 주인을 파멸로 인도하는 저주받은 물건일 뿐이었다.

그러므로 지금의 힘은 아주 위험했다.

재식은 어스 드레이크 오마르의 출현으로 세간의 관심을 받았다.

그로 인해 대한민국 3대 헌터의 뒤를 잇는 차세대 헌터들 중 가장 선두에 서게 됐다.

특히나 그동안 이름을 올린 여느 헌터와 다르게 그는 소속이 없었고, 이 때문에 많은 헌터 길드의 관심을 쏠렸다.

하지만 재식은 그런 헌터 길드들의 관심이 그리 달갑지 않았다.

러브 콜을 보내다가도 성신 길드 때처럼 언제 이빨을 들이밀지 알 수 없는 노릇이었다.

그래서 재식은 헌터 협회를 통해 자신의 생각을 은근히 표했고, 받아들여졌다.

괜히 재식의 능력이 외부에 알려지기라도 한다면 헌터 길드가 문제가 아니기 때문이었다.

세계 여러 나라에서 자국의 안녕을 위해 그를 스카우트하려고 할 것이 분명하고, 만약 그게 여의치 않으면 납치까지 할 수도 있었다.

그렇게 이해타산이 맞아떨어진 덕분에 헌터 협회에서는 최대한 그를 숨기기로 했다.

물론 그렇다고 완벽하게 비밀이 감춰지지는 않겠지만, 재식으로서는 많은 것이 알려지기 전에 힘을 갖출 수 있는 시간을 벌었다.

그리고 그 시간을 알차게 보내는 중이었다.

우웅— 우웅—

재식이 전투를 복기하며 앞으로의 계획을 되짚어 보는 동안 그의 왼팔에서 헌터 브레슬릿이 요란하게 울렸다.

'수형이잖아. 무슨 일이지?'

재식은 오랜만에 친구에게 연락이 온 탓에 심각하던 기분이 풀렸다.

"어, 수형아. 오랜만이야."

[잘 지냈지?]

"뭐, 어스 드레이크 레이드 이후로 큰일이랄 게 없었잖아."

물론 그사이 재식도 이식 수술에 훈련에 많이 바빴지만, 점점 괴물이 되어가는 자신의 모습을 친구에게 말하고 싶지는 않았다.

그것도 수연의 친동생에게는 특히나.

[다른 게 아니라, 부탁 하나만 하자. 내가 큰일이 생겼는데 당장 누구랑 의논할 사람이 없어서. 너는 S등급 헌터니까… 하여튼 급한 일이니까 빨리 좀 와 줄 수 있을까?]

"응? 갑자기 무슨 의논? 지금은 시간 괜찮으니까 말해도 돼."

　[아니, 전화로 말하기는 좀 그런 일이라 그래. 너만 믿는
다, 재식아. 여기가 어디냐면…….]

2. 키스

재식은 수형의 통화를 마치고 바로 북한산 몬스터 필드에서 신림동으로 왔다.

원래 계획은 몬스터 필드에서 좀 더 많은 몬스터를 상대로 신체 적응 훈련을 하려고 했지만, 다른 사람도 아닌 수형의 연락이기에 계획을 뒤로하고 약속 장소로 온 것이다.

딸랑!

막 약속 장소인 카페에 들어가자 재식의 눈에 보이는 것이 있었다.

그것은 다름 아닌 최수연의 얼굴.

분명 자신은 친구인 수형과 통화하고 약속 장소로 온 것인데, 그곳에 최수연의 모습이 보이자 의아했다.

'무슨 일로 여기에⋯⋯.'

그러나 헌터 협회 직할대라고 해서 꼭 그 주변에서만 활동하지는 않기에 무슨 다른 일이 있나 하고 넘겼다.

재식은 일단 아는 얼굴이니 수형을 찾기 전 그녀에게 먼저 인사를 하기 위해 다가갔다.

"수연 누나, 안녕하세요?"

수연에게 다가간 재식은 반갑게 인사를 했다.

호감이 가는 사람과의 우연한 만남에 환한 미소가 떠오른 상태였다.

하지만 재식의 갑작스러운 인사를 받은 수연은 조금 당황한 표정으로 그의 인사를 받았다.

"어, 어. 재식아 오랜만이네!"

"네, 제가 좀 일이 있어서요. 그런데 누나 여긴 어쩐 일이세요? 전 수형이랑 만나기로 해서 온 건데."

재식은 그녀의 어색한 반응을 보고 갑작스런 만남에 당황한 것이라 생각하며 자연스럽게 대화를 이어갔다.

"그런데 수형이는 안 온 것 같네요."

재식은 카페 안을 둘러보며 말했다.

"으응, 수형이는 잠시 초롱이랑 얘기할 것이 있다고 나갔어."

'끙, 이런……'

수연은 급한 대로 아무렇게나 꺼낸 말이 앞뒤가 맞지 않다는 걸 깨닫고 속으로 침음을 삼켰다.

카페가 얘기를 나누는 곳인데 애인과 어디를 나간단 말인가.

하지만 정작 재식은 최수연의 변명에도 별다른 의심 없이, 그저 최수형과 신초롱이 싸우기라도 한 건가 보다 하고 말았다.

"수형이랑 초롱이 사이에 무슨 일 있는 거예요?"

재식은 괜히 걱정이 돼 물었다.

그러면서 의논할 게 있다며 급히 자신을 이곳으로 부른 이유가 신초롱과의 연애 문제라 생각했다.

"아! 그, 그게 문, 문제가 있는 건 아니고, 잠시 조용히 의논할 것이 있다고 둘이 나간 거야!"

자신의 말이 이상하다는 걸 재식이 눈치채지 못한 듯하자, 수연은 급히 변명하며 이마에 맺힌 식은땀을 닦아 냈다.

"뭐, 별다른 일이 없는 거면 다행이고요. 그런데 누나는 여기 어쩐 일이에요?"

재식은 그녀의 맞은편에 앉아 웬일로 이곳에 있는지 묻다가, 이내 자기 마음대로 자리에 착석한 걸 깨달았다.

"누나, 아직 만나려는 사람이 오지 않은 거면 잠시 여기 앉아 있어도 되죠? 수형이 올 때까지 잠시 얘기나 해요."

심장이식과 적응 훈련을 하느라 몇 달이나 보지 못한 그녀였다.

이왕 이렇게 생각지도 못한 조우를 하게 된 김에 재식은 잠시라도 그녀와 얘기를 나누고 싶은 마음이 샘솟았다.

"응, 그래. 그런데 요즘 무슨 일 있던 거야? 협회도 오지 않고… 한 달 전쯤인가? 협회를 들른 이후부터는 몬스터 필드에도 가지 않던 것 같던데."

재식에게 큰 호감을 갖고 있는 수연은 어느 정도 그에 대한 정보를 협회 이곳저곳에서 들어 왔었다.

재식은 아무래도 S급 헌터이다 보니 일거수일투족이 본의 아니게 노출되는 탓이었다.

"아, 그게……."

재식은 막상 수연이 자세히 알고 있는 것에 당황해 잠시 말을 얼버무렸다.

"아니야, 답하기 힘들면 안 해도 돼."

그 모습을 본 최수연이 답하지 않아도 된다며 손사래를 쳤지만, 사실 재식도 그녀의 그런 관심이 싫지 않기에 딱히 숨길 생각은 없었다.

"그건, 음… 전에 제 신체 비밀에 대해 잠깐 얘기한 거

기억나요?"

"뭐? 네가 몬스터 유전자를 주입받은 거?"

"네, 아직 그 이야기 기억하고 있네요."

"당연하지. 금지된 실험인데다가 내가 아는 사람이 그런 시술을 받은 것이 좀… 가볍게 듣고 잊을 만한 이야기는 아니니까……."

수연은 그날 회복 캡슐에서 깨어난 뒤 재식이 들려준 이야기를 떠올리며 어두운 표정을 지었다.

그런 수연의 모습에 재식은 살짝 한쪽 눈가를 찡그리다가 한숨을 크게 쉬고는 말을 이었다.

"휴, 그것 때문에 제가 특별한 능력을 가지고 있다는 것도 알죠?"

"응, 네가 몬스터 유전자를 결합하여 강력한 능력을 발휘한다는 것 말이지."

전에 재식이 들려준 이야기를 떠올리며 수연은 재식의 이야기를 들었다.

"네, 그런데 세 달 전 그게 마냥 좋은 것만은 아니란 걸 알게 되었어요."

재식이 씁쓸한 표정을 짓는 탓에 수연은 눈을 동그랗게 뜨며 물었다.

"그래? 어떻게?"

몬스터의 유전자 합성 시술로 재식은 엄청난 능력을 가지게 되었다.

초반에는 시술받은 몬스터의 유전자가 아주 저급한 것이라 별다른 능력을 발휘할 수 없었지만, 거듭된 유전자 유입으로 재식은 일반적인 시술 헌터보다 더 강력한 능력을 얻었다.

"몬스터라는 존재가 거대하고 강력한 것이 그저 단순하게 유전자가 가지고 있는 생물학적 능력만이 아니란 것을 알게 되었어요."

느닷없는 설명에 수연은 방금 재식이 한 말을 이해할 수가 없었다.

"뭐? 유전자만의 능력이 아니라니, 그게 무슨 소리야?"

그런 수연의 질문에 재식은 어색한 미소를 지어 보이며 이야기를 계속해 나갔다.

"그게……."

원래 이 자리는 수형이 자신의 누나가 친구인 재식에게 호감을 갖고 있다는 사실을 알게 되어 마련한 것이다.

돌발 게이트 브레이크로 인해 혈육이라고는 달랑 둘뿐인 수형으로서 누나의 일에 무관심할 수가 없었다.

그렇게 누나가 하는 일에 관심을 가지다 보니 유니콘 제5전대 멤버들과 알게 되었고, 그러다 누나의 부하인 신초롱과도 연인 관계로 발전하게 되었다.

헌데 생각지도 못한 곳에서 누나가 좋아하는 이성이 있다는 것을 듣게 되었다.

그렇지 않아도 부족한 것 하나 없는 누나가 자신 때문에 혼자인 거 같아 신경이 쓰이던 중이었다.

그래서 일부러 재식에게 심각한 이야기를 할 것이 있다는 듯 이곳으로 부른 것이었다.

마음 한 켠에 박혀 있는 누나에 대한 죄책감을 조금이라도 덜기 위해서.

이런 사정을 모르는 재식은 우연히 최수연을 만나 기분이 좋은 상태였다.

이전부터 자신의 처지 때문에 그녀를 좋아하는 마음을 겉으로 내보이지 못했기 때문이었다.

그러니 재식은 수연과 조금이라도 더 얘기를 하고 싶어 자신에 관한 이야기를 자세히 설명하고 있었다.

"헌터도 그렇지만 몬스터도 육체 능력과 가지고 있는 마력의 조화가 무척이나 필요한 존재예요."

재식이 막 몬스터에 대한 설명을 하려 할 때 누군가 이들에게 다가와 말을 걸었다.

"저……."

"네?"

"주문하시겠습니까?"

직원의 말에 수연은 얼굴이 붉어졌다.

재식은 모르겠지만 수연이 이곳에서 그를 기다린 지가 꽤

된 탓에 직원이 다가온 것이었다.

게다가 이렇게 되면 동생이 나간 게 아니라 자신이 기다리고 있던 게 뻔히 보일 터였다.

그러나 다행히도 재식은 거기까지는 생각이 미치지 않았는지 금세 생글생글 웃으며 직원을 바라봤다.

"아 이런 죄송합니다. 누나 뭐 드실래요?"

"커, 커피!"

수연은 재식의 물음에 당황해 커피를 주문했다.

"저도 그럼 커피로 주세요."

재식과 수연이 커피를 주문하자 직원은 다시 한번 물었다.

"따듯한 걸로 드릴까요? 아니면 아이스로 드릴까요?"

"누나, 날도 더운데 시원한 아이스는 어떠세요?"

재식은 직원의 물음에 수연을 돌아보며 의견을 물었다.

그런 재식의 질문에 수연은 조용히 고개를 끄덕였다.

이런 섬세함도 그녀가 재식에게 마음이 가는 이유 중 하나였다.

대부분의 남자들이 하지 못하는 것.

자신의 것만 홀랑 시키지 않고 권유하는 그런 모습 말이다.

실은 이미 콩깍지가 씌었을지도 모르는 일이지만, 어쨌든 수연은 그런 것들이 좋았다.

이내, 수연이 조심스럽게 반응하자 재식은 카페 직원을 돌아보며 차가운 커피를 주문했다.

직원이 주문을 받고 돌아가자 재식은 다시 이야기를 들려주었다.

"위험 등급이 높은 대형 몬스터일수록 심장에는 더욱 강력한 마력을 품고 있어요. 누나도 그런 몬스터일수록 마정석의 등급이나 크기가 크다는 것은 알고 있죠?"

"응, 맞아. 그런데?"

"저도 저번에 잡은 어스 드레이크로 인해 육체 능력이 진화했어요."

"아, 진짜? 정말 잘됐다!"

재식의 능력이 더욱 발전했다는 소리에 수연은 자신의 일인 것처럼 기뻐했다.

"하지만 육체 능력이 향상된 것도 향상된 것이지만 너무 급격한 바람에 부작용이 발생했어요."

"뭐? 그게 무슨 말이야!"

"더욱 단단해진 육체와 파워를 가지게 되었지만 신체를 움직이게 해 주는 심장의 기능은 그 향상된 능력을 따라가지 못한 것이죠."

재식은 이야기를 하다 문득 떠오르는 것이 있어 그 예를 들어주었다.

"이게 맞는 예인지 모르겠는데… 옛날에 세계사 배우면

서 2차 대전 독일에 관한 이야기 생각나요?"

"2차 대전 독일?"

"네."

"독일이 뭐?"

"그러니까 세계 2차 대전 당시 최강의 전차라 불리던 독일의 티거 전차 말이에요."

티거는 강력한 화력과 방어력에 비해 너무나 떨어지는 기동성을 갖은 전차였다.

아무리 독일의 자동차 엔진 기술이 뛰어나다고 하지만 당시만 해도 50톤이 넘어가는 엄청난 중량의 전차를 빠르게 기동을 하게 만든다는 것은 쉽지 않았다.

그 때문에 티거 전차는 최대 이동속도가 30㎞ 초반대의 아주 느린 전차가 되었다.

아무리 강력한 힘이 있고 방어력이 좋아도 상대하는 연합군에 비해 기동성이 떨어지는 바람에, 전쟁 막바지에는 연합군 전차에 파괴되는 전차의 숫자가 늘어나게 되면서 화려한 명성에 먹칠을 했다.

재식은 이런 티거 전차를 예로 들며 자신의 심장과 향상된 육체 능력에 대한 차이를 설명하고자 했다.

너무도 갑작스럽게 확 늘어난 신체 능력은 심장에서 생산하는 마력을 급속도로 소모하였고, 몬스터와 싸움을 벌일때 단기전에서는 강할지 몰라도 강력한 몬스터를 상대할 때처럼 장기전이 되면 문제가 발생하는 것이다.

이렇게 자신의 상태에 대해 설명하자 이를 듣던 수연은
안타까운 눈으로 재식을 돌아보았다.

7등급 보스인 어스 드레이크를 레이드하는 데 주역으로
주목을 받았는데, 이런 일을 겪게 된 재식이 너무도 안타까
웠다.

"그 문제를 해결하기 위해 연구를 하느라 조금 바빴어
요."

재식은 자신을 안타까운 눈빛으로 쳐다보는 수연을 향해
미소를 지어 보였다.

"그럼 부작용은 해결한 거야?"

수연은 물어보지 않을 수가 없었다.

"물론 완벽하게 문제를 해결한 것은 아니지만 약점은 극
복했어요."

자신을 걱정하는 듯한 수연의 눈빛에 재식이 웃으며 대답
을 하였다.

"약점이 남았다니. 그럼 그건 어떡해?"

수연은 그에게 문제가 남아 있다는 말에 걱정돼 되물었
다.

"생활이나 몬스터 레이드에 문제가 있는 것은 아니
고……."

"아니고?"

"몬스터를 사냥할 때, 과도하게 힘을 쓰는 경우가 생기더라고요."

"아! 다행이네!"

"네. 다른 문제가 아니니 다행이라 할 수 있기는 한데, 제 성격상 이런 것도 신경이 좀 쓰여서요."

"그건 그렇겠다."

"네, 맞아요. 제가 가진 힘을 통제하지 못한다는 게 은근히 스트레스가 쌓여요."

사실은 조금 심각할 수 있는 문제임에도 괜히 수연을 걱정시키는 것 같아 별거 아닌 듯 얘기를 했다.

그 이후로 간단한 얘기를 하며 한참을 떠들다 보니 음료가 다 떨어져 버렸고, 재식과 수연은 밖으로 나와 인근 공원으로 향했다.

"그런데 누나, 수형이랑 초롱이는요?"

"아, 그, 그게······."

"혹시 진짜 심하게 싸우거나 그런 건 아니죠?"

최수연은 이걸 어떻게 말해야 하나 고민했다.

'으아~ 소개팅 같은 거라고 어떻게 말해!'

그러나 말해야만 했다.

거짓은 거짓을 만들고 한 없이 커져만 갈 테다.

게다가······.

'이 기회를 놓칠 순 없잖아.'

최수연은 마음을 다잡고 힘겹게 입을 열었다.

"그게……."

"네."

"실은 수형이랑 초롱이는 애초에 없었어."

"네? 그게 무슨 말이에요?"

"그러니까 수형이가 널 부른 이유가 나랑 만나게 하려고 그런 거라고."

"어……."

수연의 대답을 들은 재식은 순간 당황하기는 했지만 곧 정신을 차리고 그녀의 말을 다시 한번 되새겨 보았다.

그리고 그녀의 말 속에 있는 의미가 그저 단순한 동생의 친구 정도가 아니라 좀 더 이성에 가까운 것이라는 걸 깨달았다.

그러면서 좋아하는 감정이 자신 혼자만의 짝사랑이 아니란 것을 느끼고 조금 확인이 필요하다는 생각이 들었다.

그렇게 두 사람은 각자의 호감을 확인하고서 산책로를 천천히 걸었다.

여느 연인들처럼.

"정말로 수형이 때문에 마지못해 나온 것은 아니죠?"

재식은 다시 한번 수연의 마음을 확인하고 싶어 질문을 했다.

"응, 그건 아니야. 아무리 수형이 내 동생이고 유일한 가족이라고는 하지만 이런 것까지 동생의 간섭을 받고 싶지는 않아."

수연은 굳은 표정으로 고개를 저었다.

아무리 동생의 부탁이라도 호감이 없는 상대에게 아양을 떨 만한 성격도 되지 못했고, 게다가 그런 곳에 나갈 마음도 없었다.

"기분 나쁘라고 한 말은 아니에요. 단지……."

"단지?"

"너무 믿기지 않아서 그랬을 뿐이에요."

수연은 그의 말에 기분이 다운되는 걸 느꼈다.

큰 마음먹고 한 말인데 나온 대답이라곤 마지못해 나온 거냐는 물음이라니.

그 표정을 본 재식이 그녀가 큰 오해를 했다는 걸 알아차리고 황급히 입을 열었다.

"그, 그런 뜻이 아니라. 저도 좋은데 이게 꿈인가 싶어서 한 말이에요!"

학창 시절 그녀는 재식을 포함한 수형의 친구들 사이에서는 워너비였다.

너무나 아름답고 매력적이기에 길을 가다가도 연예계 스카웃도 많이 받던 그녀다.

하지만 각성을 하면서 연예계 진출보단 헌터로서 살아가

는 삶을 택하여 그런 일은 거진 사라졌지만, 아직도 몇몇 연예 기획사에서는 그녀를 예의 주시하고 있었다.

20대 후반의 젊은 여성 헌터 중 실력과 미모를 고루 갖추고 있으며, 또 헌터 협회 직할대인 팀 유니콘의 전대장이니, 사실 수연이 마음만 먹으면 지금이라도 최고의 스타가 될 것이었다.

그렇지만 몬스터 헌터를 하는 것에 자부심과 사명감을 가지고 있는 수연은 좋은 조건의 제의가 들어와도 매번 이를 정중히 거절하고 있었다.

그리고 이런 내용은 재식도 아주 잘 알고 있었다.

비록 수형과 연락한 지는 오래되었지만, 그것과 다르게 최수연의 소식은 종종 TV를 통해 전해 들어 그녀가 어떤 일을 하고 있는지는 진즉부터 알고 있었다.

솔직히 재식이 헌터가 된 것도 사실 수연의 영향이 조금은 있었다.

비록 각성 헌터는 아니지만 혹시라도 몬스터 사냥을 하다가 각성할 수도 있고, 또 그게 아니라도 시술 헌터가 되어 능력이 올라 유명 헌터 길드에 들어갈 수도 있었다.

게다가 정말로 운이 좋아 헌터 협회라도 들어가게 된다면 혹시 그녀와 만날 수도 있지 않을까라는 생각을 문득문득 했다.

그런데 이렇게 다시 재회하고 거기에 수연도 자신에게 호감을 가지고 있다니.

"그런데 괜찮겠어요?"

"뭐가?"

뜬금없는 재식의 질문에 수연은 고개를 갸웃거렸다.

"그, 그러니까, 제가 일반적인 헌터와는 다르잖아요. 유전자가 계속해서 바뀌어 가는 게 뭔가 괴물 같기도 하고…….."

재식은 대답을 하면서도 조심스럽게 수연의 눈치를 살폈다.

그런 재식의 모습에 수연은 속으로 안타까운 생각이 들었다.

가진 능력 측면에서는 대한민국 헌터의 정점에 서 있는 세 명의 S급 헌터에게 뒤지지 않으면서도, 자신을 향해 조심스러운 모습을 보이는 그가 안타까웠다.

"그게 뭐 어떻다는 거야. 어차피 대격변 이후 세상은 변했어! 일반인이 보기에는 너나 나, 그리고 중급 이상의 헌터와 몬스터 모두… 그들이 보기에는 괴물일 뿐이야…….."

수연은 능력을 각성하고 나서 그동안 느껴왔던 서러움이 불현듯 떠올랐다.

"각성 헌터? 손에서 물, 불, 번개 등 이능력을 쏟아 내고 때로는 강력한 몬스터의 사지를 찢어 내기도 하지. 또 시민들을 구하며 영화 속 슈퍼 히어로처럼 취급받기도 하고 말이야. 그런데 그러면 뭐 하니… 어차피 안 보이는 곳에서는 몬스터와 같은 취급이야!"

흥분한 것 같은 수연의 모습에 재식은 순간 할 말을 잃고 조용히 있었다.

수연은 아직도 쏟아 낼 것이 있는지 계속해서 말을 이었다.

"뉴스 댓글만 봐도 알 수 있잖아! 자신을 구해 줘서 고맙다는 글이 많기는 하지만 그에 못지않게 어차피 자신들과 다른 괴물이란 댓글도 많아……."

뚝, 뚜둑.

그녀의 아름다운 얼굴에서 투명한 물줄기가 흘러내리고, 그 모습에 재식은 짠한 생각이 들었다.

그동안 재식은 자신만 불행하다 생각해 왔다.

친구라 믿던 존재에게 속아 생체 실험을 당하고, 또 생명의 위협을 받으며 비밀을 지킬 것을 종용받았다.

게다가 불행은 그것에 그치지 않았다. 어찌어찌 살길을 모색해 오던 중에 또다시 불행이 닥쳤다.

결과를 놓고 보면 그러한 일들이 전적으로 불행만 가져온 것이라 할 수는 없지만, 그래도 남들은 한 번도 당하기 힘든 생체 실험을 이번에는 몬스터에게 당했다.

참으로 어처구니없는 일.

몬스터를 사냥하는 직업인 헌터가 아이러니하게도 몬스터에 붙잡혀 생체 실험을 당하다니.

그런데 더욱 어이없는 것은 바로 첫 번째 받은 생체 실험이 두 번째 실험에서는 전화위복이 되어 재식에게 많은 힘을 가져다주었다는 것이었다.

그리고 또 다른 행운으로는 학창 시절 동경의 대상인 수연과 조우했다는 것인데, 또 이것이 마냥 기분이 좋지만은 않았다.

여전히 아름다운 그녀의 모습을 곁에서 지켜보면서 재식은 자괴감이 들었다.

자신은 몬스터의 유전자를 가지고 있는 반인반괴일 뿐이라는 생각을 떨칠 수가 없었다.

이 때문에 재식은 그녀에게 좋아한다는 말도 하지 못하고 주변만 맴돌았다.

그뿐만 아니라 그녀에게 호감을 받기 위해 아티팩트도 선물하고, 또 위기의 순간 때는 자신의 안위를 돌보지 않고 그녀의 앞을 가로막았다.

그런데 이런 노력이 결실을 맺은 것일까.

지금 앞에 있는 수연이 하는 말 하나하나가 그저 짝사랑으로만 끝내려 한 재식의 마음을 토닥여 주는 기분이었다.

자신의 최대 약점이라 생각해 온 생체 실험물, 그것을 그녀는 아무렇지 않게 말하고, 재식의 고충이 결코 혼자만의 문제가 아니라며 공감을 해 주었다.

그런 따스하고 깊은 마음에 재식은 눈물을 흘리는 그녀의 모습이 너무나도 가슴 아팠다.

자신보다 두 살이나 많은 누나임에도 지금 그의 눈에 보이는 모습은 자신의 위로가 필요한, 약한 존재로 느껴졌다.

"누나……."

재식은 자신도 모르게 고개를 숙여 울고 있는 그녀의 양 어깨를 감싸 안았다.

그러고는 다시 손을 들어 수연의 볼에 양손을 슬며시 올려 두었다.

곧 수연의 고개가 들리고 두 눈이 마주치자, 재식은 자연스럽게 자신의 입술을 그녀에게 가져다 댔다.

"읍!"

갑자기 덮쳐 오는 입술에 수연은 작게 신음했다.

그렇다고 재식의 입술을 피하지는 않았다.

수연은 낼모레면 서른이니, 결코 적은 나이는 아니었다.

그동안 연애 한 번 해 보지 못한 것도 아니고, 이것이 첫 키스도 아니었다.

그렇지만 호감을 갖은 상대와의 키스는 언제나 달콤하고

짜릿했다.

"으음!"

수연은 저도 모르게 커다란 재식의 목을 끌어안고 매달리듯 키스를 했다.

재식은 놀라지 않고 적극적으로 나오는 수연의 모습에 용기를 얻은 것인지, 그녀를 번쩍 들어 올렸다.

자신의 몸이 공중에 뜨는 것을 느낀 수연은 키스를 하면서 자신도 모르게 이번에는 양발로 재식의 허리를 감쌌다.

두 사람 모두 감정이 이끄는 대로, 본능적으로 한 행동이었다.

재식과 수연은 지금 그들이 있는 장소가 공원이란 것도 인지하지 못하고 열렬히 상대의 입술을 탐했다.

하지만 다행히도 그들의 주변에는 아직 사람들이 보이지 않았다.

그렇지만 끝나지 않는 잔치가 없듯, 이성을 잃은 것마냥 서로의 입술을 탐하던 두 사람도 시간이 조금 더 흐르자 정신을 차렸다.

그러자 자신들이 있는 장소가 밀폐된 공간이 아닌, 사방이 개방된 공원이란 것 또한 생각났다.

"아……."

그제야 주변에 울리는 자동차 소리를 들으며 이성을 찾

은 수연이 조금 전 자신의 행동을 떠올리며 얼굴을 붉혔다.

그리고 재식도 상당히 과감한 자신의 행동이 떠오른 것인지, 아무 소리도 하지 못하고 고개를 숙인 채 묵묵히 있었다.

그런데 이런 두 사람의 모습을 지켜보는 이들이 있었다.

"저, 저……."

몰래 숨어서 있던 이들 중 한 명이 두 사람이 키스하는 장면을 보고는 말을 더듬었다.

바로 수연의 동생이자 재식의 친구이며 그를 신림동 카페로 불러낸 최수형이었다.

하나밖에 없는 자신의 누나가 연애도 못하고 나이를 먹어가는 것에 미안한 마음이 들어 급조한 계획으로 재식을 불러냈다.

그런데 그 잠깐 사이에 두 사람이 사방이 뚫린 공원에서 뜨겁게 키스하는 것을 보고 깜짝 놀라 고함을 지를 뻔했다.

아니, 놀란 정도가 아니라 기겁을 했다.

만약 저 혼자 숨어 있다면 진즉 뛰쳐나갔을 지도 모를 일이다.

그 정도로 둘의 키스는 열정적이었고, 공원이 아닌 폐

쇄된 공간이었다면 당장에라도 침대로 달려갈 것처럼 보였다.

"어머! 언니 너무 적극적인 것 아냐?"

수형의 옆에 있던 초롱이 손바닥으로 입을 막으며 눈웃음을 쳤다.

전혀 그럴 것 같지 않았는데 양발을 허리에 두른 그녀의 모습에 놀란 탓이었다.

그리고 또 다른 여성의 목소리도 들렸다.

"역시 수연 언니는 내 예상대로 적극적이라니까!"

막내 정미나는 수연과 재식의 농밀한 모습을 반짝이며 지켜보다가 말했다.

그러면서 자신의 연인인 김정태를 살짝 돌아보았다.

정미나도 재식을 좋아했었다.

하지만 곁에서 지켜본 재식은 언제나 수연에게만 시선이 가 있었다.

그 때문에 재식이 호감을 가지고 있는 사람이 자신이 아닌 걸 깨닫고 일찍 포기했다.

그러던 중 언니들인 이하윤과 신초롱이 수형과 그의 친구 윤태형과 연애를 하는 것을 알게 되었다.

처음에는 별다른 생각이 들지 않았지만, 연애를 시작하고 두 사람이 자꾸 자신들의 애인 얘기를 하자 그녀도 없던 마음이 자꾸만 살랑거렸다.

생전 처음 이성으로 느낀 재식을 포기한 탓인지 너무나 마음이 허했는데, 두 사람이 다시금 연애 세포를 깨운 것이다.

얼마 지나지 않아 미나는 신초롱과 이하윤에게 소개팅을 부탁했다.

그러나 헌터가 되어 몬스터만 상대하던 두 사람이 소개해 줄 만한 이성을 찾기란 모래사장에 떨어진 동전을 찾는 것보다 어려웠다.

하지만 그녀들에게는 든든한 애인이 있었다.

두 사람은 곧장 윤태형과 최수형에게 미나 얘기를 했고, 얼마 지나지 않아 자신들의 후배 중 하나인 김정태를 소개시켜 주었다.

이윽고 미나와 정태가 처음 만나는 날, 주선을 해 준 이들이 민망할 정도로 두 사람은 데면데면했다.

어찌나 조용하던지 같은 자리에 앉아 있던 이들이 미안한 마음까지 들 정도였다.

그래서 슬슬 자리를 정리하려던 차에 어느 순간부터 갑자기 두 사람이 친해지기 시작했다.

나이도 비슷한데다, 정확히 뭔지는 모르지만 서로 성격도 제법 맞다며 서로를 칭찬하기 시작하니 금세 영혼의 단짝이 되어 있었다.

어쨌든 그렇게 팀 유니콘의 제5전대 멤버 세 명과 레볼루션 클랜 세 명의 연애가 본격적으로 시작되었다.

그러다 보니 원래 애인이 있던 권인하까지, 팀 유니콘 멤버 다섯 명 중 전대장인 수연을 빼고는 모두 연애를 하는 중이었다.

그리하여 수형은 누나와 재식이 만나게 다리를 놓아 주는 것으로 끝내려 했다.

그러나 두 사람이 어떻게 데이트를 할지 궁금하다며 정미나가 미행하자는 얘기를 꺼냈고, 수형을 제외한 모든 이가 그에 찬성하였다.

수형은 친누나의 연애를 훔쳐 본다는 생각에 가슴 한 켠이 찝찝하긴 했지만, 다른 이들에게 이끌려 마지못해 따라갔다.

그런데 웬걸, 어색해하던 모습은 잠깐이고, 공원을 걷다 말고 키스를 하는 것이 아닌가.

최소한 그에게는 누나와 친구의 키스가 남정네 둘이서 하는 것처럼 느껴졌다.

하물며 물엿에라도 빠진 듯한 농밀한 애정 신이라면…….

차마 눈 뜨고 볼 만한 광경은 아니었다.

한편, 수형이 한 손으로 눈을 지그시 누르는 동안 다른 커플들은 볼이 불그스름해지며 손가락을 꼼지락거리고 있었다.

몇몇은 슬그머니 손을 잡기도 했고, 또 몇몇은 서로의 얼굴을 빤히 쳐다보기도 했다.

그것은 그의 애인인 신초롱도 마찬가지였지만, 그는 눈을 가리고 있는 탓에 알 수 없었다.

3. 놀이공원에서

우우웅—

끼아악—

비명 소리가 들리고 많은 사람들이 어디론가 이동하고 있었다.

그리고 그 한가운데 서 있는 재식은 지금까지 한 번도 보지 못한 광경에 정신이 나갈 것만 같았다.

"이번에는 저거 타러 가자!"

지금 재식의 옆에서는 수연과 정미나가 들떠 있는 기분으로 열심히 의논을 하고 있었다.

"저건 전에 타 봤는데 별로 재미없던데."

한참 뭐를 탈지 얘기하던 이하윤은 수연과 미나가 다음 탈것으로 정한 것에 대해 떨떠름한 표정으로 말을 꺼냈다.

"정말? 보기에는 재미있어 보이는데."

날개 달린 말과 호박 마차가 놓여 있는 탈것을 보며 최수연과 정미나는 뭔가 아쉬운 눈빛으로 그것을 쳐다보았다.

그녀들이 보고 있던 것은 다름 아닌, 10세 미만의 어린 아이들이나 타는 회전목마.

그저 위아래로 움직이며 회전하는 느리디느린 회전목마를 성인이 타고 놀기에 재미있는 놀이 기구 라고 말할 수는 없었다.

더욱이 헌터로서 목숨을 걸고 몬스터를 사냥하는 그녀들에게는 더욱더.

그 모습을 보던 재식은 눈만 동그랗게 뜨고 있었다.

그도 놀이 기구를 타 본 적이 없기 때문이었다.

2주 전, 재식과 수연은 그날 진솔한 이야기를 하면서 정식으로 연인이 되었다.

그동안 서로 엇갈린 시간을 보상이라도 받겠다는 심정인지, 주변에서 눈꼴이 시릴 정도로 애정 행각을 벌여 왔다.

하지만 어차피 최수연뿐만 아니라 다른 제5전대 다른

멤버들도 모두 연애 초기다 보니, 사람들이 보기에는 그녀들 또한 다를 바가 없었다.

"우리 속이는 것 아니지?"

회전목마를 쳐다보던 수연은 자신들의 결정을 반대하는 신초롱과 이하윤을 의심스러운 눈으로 보며 물었다.

"언니, 우리가 언니를 속여서 무슨 이득이 있다고 반대를 해. 저기 봐."

마침 회전목마가 운행하는 모습을 본 이하윤이 얼른 최수연에게 회전목마를 가리키며 소리쳤다.

최수연과 정미나는 그녀의 손길을 따라 고개를 재빨리 돌렸다.

그리고 그녀들의 눈에는 천천히 회전하고 있는 회전목마가 보였다.

"아!"

이하윤이나 신초롱이 반대한 이유를 알게 되었다.

회전하고 있는 회전목마에는 자신들과 나이가 비슷한 사람이 하나도 없기 때문이었다.

하지만 한편으로는 회전목마 위에 앉아 있는 아이들의 해맑은 웃음을 보면서 부럽다는 생각이 문득 들었다.

그녀들이 회전목마를 타고 있는 아이들 나이 때는 감히 놀이공원에 놀러오는 것은 상상도 못했다.

지금도 종종 게이트 브레이크로 몬스터가 출현하고 있기

는 했다.

그러나 몬스터가 나타나면 신속하게 경보가 울리며 일반인들은 대피소로 피하고, 신고를 받은 헌터들은 신속하게 현장에 출동해 몬스터들을 퇴치하기에 이제는 안정적으로 여러 위락 시설을 즐길 수 있게 되었다.

"부러워?"

재식은 수연이 한동안 아이들이 타고 있는 회전목마를 한없이 쳐다보자 조심스럽게 물었다.

"아, 아니. 그냥 우리 때는 사는 것 때문에 이런 것을 즐길 여유가 없었는데… 그런 것을 보면 인간은 참 대단한 것 같아서."

재식은 느닷없는 수연의 말에 의아해했다.

즐거운 데이트를 하는 날 놀이공원에 와서 이런 뜬금없는 이야기를 듣게 될 줄은 상상도 못했기에 더욱 의아해했다.

"몬스터의 출현으로 많은 사람들이 죽고, 또 기존 먹이사슬이 붕괴되면서 많은 혼란이 있었잖아."

"그건 그렇지."

"그런데 그런 혼란도 시간이 지나면서 적응하고, 또 극복도 하면서 예전의 평화롭던 때로 돌아가고 있는 것 같아서 말이야."

재식은 그녀의 말을 들으며 예전, 대격변 전 평화롭던 시절에 대한 이야기를 떠올렸다.

"주말이면 공원을 놀러 가기도 하고, 그곳에서 돗자리를 펼쳐 음식을 먹기도 했지."
"여름엔 바다나 강으로, 그리고 겨울엔 스키장과 눈썰매장을 갔다네."

재식은 언젠가 들은 그들의 얘기가 도저히 상상이 되지 않았다.

그러한 세상이 정말로 존재하기는 했던 것일까.

아무리 떠올리려 노력해 봐도 그려지지 않는 그런 세상이 이렇게 실제로 보고 나서야 조금은 알 것만 같았다.

재식은 이러한 평화가 지속되길 바랐다.

그래야만 겨우 이룬 그녀와 자신의 행복도 이어질 테니까.

그러기 위해서라도 자신은 강해져야만 했다.

재식이 다시금 의지를 다짐하던 그때, 놀이공원에 설치된 스피커에서 요란한 경보음이 울리기 시작했다.

위이잉— 위이잉—

[재난 관리 본부에서 알려 드립니다. 너구리 월드 북쪽 K—11 구역에 돌발 게이트가 발생하였습니다. 브레이크까

지 한 시간가량 남아 있으니 공원 내 직원들의 안내에 따라 대피해 주시기 바랍니다.]

  평화롭던 일상이 뜻하지 않은 사건으로 한순간에 무너졌다.

  사이렌과 연이은 재난 방송에 즐겁게 여가를 즐기던 사람들은 비명을 지르며 자신들의 가족을 찾아다니고, 홀로 떨어진 아이들은 제 부모를 찾으며 울었다.

  "꺄아아!"

  "엄마!"

  "동우야! 정우야!"

  돌발 게이트의 브레이크까지 한 시간이란 시간이 있지만, 그 시간은 결코 여유롭지 않았다.

  비록 작은 규모의 놀이공원이라고 하지만 놀이공원 안에는 놀이 시설을 즐기기 위한 고객만 삼천여 명이었고, 놀이공원의 직원까지 계산하면 거의 삼천오백 명이나 되었다.

  이 사람들이 모두가 놀이공원을 빠져나가 안전하게 피신하는 시간으로는 빠듯했다.

  게다가 사람들이 대피하는 것도 중요하지만, 게이트에서 쏟아질 몬스터를 막을 헌터들이 진형을 갖추는 시간까지 더한다면 정말이지 너무도 짧은 시간이었다.

"하필 비번인 날 이런 일이 일어나다니."

"그러게요. 언니는 재식 오빠하고 정식으로 데이트하는 첫날인데……."

최수연의 말에 이어, 정미나가 수연을 쳐다보며 안쓰럽다는 표정으로 말을 받았다.

"아!"

"이게 다 언니를 안타깝게 생각하는 이 막내의 위로인데 지금 화를 내는 거예요?"

자신은 위로를 건네는 건데 왜 화를 내냐는 듯 가우뚱거리는 그녀를 보며 최수연은 기가 막혀 벙찐 표정을 하였다.

"대장, 뭐 하고 있어요. 우리가 아무리 비번이라고는 하지만 차원 게이트가 출현했는데 출동해야죠."

어째서 인지는 모르겠지만, 충격을 받아 아직 정신을 차리지 못하는 최수연에게 부전대장인 권인하가 말을 걸었다.

"아! 내 정신 좀 봐."

그제야 정신을 차린 최수연이 재식을 돌아보며 미안한 표정을 지었다.

"공식적인 첫 데이트인데 이렇게 끝나게 돼서 미안해."

"아니, 누나가 미안할 게 뭐가 있어. 공무원이 자기 일하는 건데."

헌터 협회 직할대 헌터다 보니 재식은 오히려 미안해하는 그녀를 위로했다.

"그럼 나중에 봐!"

최수연은 일단 돌발 게이트가 발생한 지역으로 출동해야 하기에 그렇게 작별 인사를 하고 달려가려 준비하고 있었다.

"뭘 나중에 봐? 나도 그곳으로 갈 건데."

"응?"

"헌터 협회 소속은 아니지만 일단은 몬스터 헌터잖아. 그리고 내가 누군지 잊은 거 아니지?"

재식의 말에 수연은 피식 웃었다.

아무렴, 그가 대한민국 네 번째 S급 헌터인 걸 모르겠는가.

아니, 재식이라면 S급 헌터가 아니더라도 자신을 따라올 것이 분명했다. 그렇기에 이렇듯 기쁜 웃음이 나오는 것이었다.

"그러니까 같이 갑시다, 최수연 씨."

장난스럽게 말을 꺼낸 재식이 뒤를 돌아봤다.

그와 눈을 마주친 다른 남자들도 마찬가지로 이미 움직일 준비를 하고 있었다.

재식을 포함한 남자들은 굳이 말할 필요도, 또 눈치 볼 필요도 없이 조용히 몸을 풀었다.

아무리 팀 유니콘 제5전대의 전력이 일반 헌터 공대보다 강력하다 해도 돌발 게이트에서 뭐가 튀어나올지는 알 수 없었다.

6개월 전처럼 5등급 게이트로 분류된 차원 게이트에서 7등급의 몬스터가 나타날 수도 있기에 그녀들만 보내는 것이 불안했다.

"그럼 우리야 좋지!"

재식과 또 다른 멤버의 애인들도 자신과 함께한다는 말을 하자 최수연은 미안한 감정이, 또 한편으로는 동생들이 괜찮은 사람과 사귀고 있다는 것에 마음이 놓였다.

자신의 동생인 최수형이야 오랜 시간 봐 왔기에, 신초롱과 사귄다고 했을 때도 조금은 안심했다.

그녀에게는 신초롱 또한 동생인 최수형 못지않은 존재이기 때문이었다.

그리고 그건 다른 멤버들도 마찬가지인데, 동생의 친구와 후배라고 해서 무조건 괜찮은 사람이라 판단할 수는 없는 문제였다.

다만, 사귀면서 신뢰를 쌓아 가야 한다고 생각했는데, 이렇게 연인을 걱정해 위험한 곳으로 함께 간다는 이들을 보며 마음 한 켠이 따뜻해졌다.

"그럼 일단 가자!"

"네!"

"언니, 가자고요."

최수연의 말에 모두가 고개를 끄덕이고는 뒤따라 게이트가 열릴 곳으로 달려갔다.

* * *

최수연과 제5전대원들이 돌발 게이트가 발생한 지역으로 달려가고 있을 때, 너구리 월드 내의 재난 본부에서는 심각한 이야기가 오가고 있었다.

"젠장, 하필 여기에 게이트가 나타날 것이 뭐야!"

너구리 월드 재난 본부장은 인상을 쓰며 고함을 질러 댔다.

그도 그럴 것이, 게이트가 공원이 아닌 단 1㎝ 밖에서만 발생해도 게이트 처리 주체가 자신들이 아닌 헌터 협회로 넘어갔을 것이었다.

그런데 하필 돌발 게이트가 발생한 곳이 바로 너구리 월드 내라니, 그로서는 정말이지 미치고 팔짝 뛸 노릇이었다.

물론 그렇다고 돌발 게이트 발생이 전적으로 손해만 있는 것은 아니었다.

만약 그렇다면 대기업 계열인 너구리 월드와 같이 정부가 아닌 개인이나 단체의 사유지에 발생한 게이트에, 행위 주체를 구분하지는 않았을 것이다.

아니, 단체에서는 기를 쓰고 모두 정부에서 처리하게끔 할 것이 분명했다.

하지만 그렇지 않고 이렇게 구분된 것은 던전에 대한 이득이 생성된 위치에 따르기 때문이었다.

차원 게이트가 브레이크를 일으켜 그 안에서 몬스터가 쏟아지고 또 던전이 나타날 경우에는 보상의 우선 협상 대상이 된다.

이때 어떤 피해를 입더라도 그것을 개발할 수만 있다면, 우선 협상 대상자는 상상도 못할 엄청난 이득을 가지게 된다.

이는 던전의 최초 발견자와 같은 지위를 얻는 것과 같았다.

그렇기에 객관적으로 따지면 이번과 같이 돌발 게이트가 사유지 안에 발생하는 것은 회사 입장에서 좋은 일이었다.

다만, 어차피 이윤은 회사와 높은 자리에 있는 사람들이 차지하는 것이고, 돌발 게이트의 브레이크로 발생하는 문제의 처리는 모두 자신의 차지였기 때문에 그것이 골치 아플 뿐이었다.

"길드에서는 뭐라고 하던? 몇 분이나 걸린대?"

재난 본부장인 신기호는 부하 직원을 쳐다보며 물었다.

"그게 출동하는 데는 30분이면 충분하다고 합니다."

"30분이라, 정말 다행이군."

신기호는 길드에서 헌터들이 출동하는데 얼마 걸리지 않다는 것에 적잖이 안심되었다.

"네, 길드의 인사과장이 그렇게 대답했습니다."

"몇 개 공대 보낸대?"

"저… 그게……."

부하 직원이 말을 흐리자 신기호의 표정이 다시 일그러졌다.

"말 똑바로 안 해?"

"50명을 보낸다고 하셨습니다."

"뭐라고?"

지들은 이곳 담당이 아니니 상관없다, 그러니 엿 먹어라. 그런 뜻이 분명했다.

그런 게 아닌 이상 협회에서 규정한 최소한의 인원인 80명조차 채우지 않을 리가 없었다.

"모가지 잘리고 싶어? 어떻게든 지원들 더 받아 내야 할 거 아니야! 너만 모가지 날아갈 거 같아? 여기 있는 사람 다 아웃이야, 아웃!"

"인사과장님이 그 정도면 충분하다고 위험할 일은 없다고 하셨……."

"누가 그걸 몰라? 그래 위험할 일은 없겠지. 돌발 게이트야 수준 낮은 건 다 알아. 그런데 인원이 적어서 몬스터 한 마리라도 빠져나가면, 그래서 손님이라도 다치면 그건 어떡할 건데?"

"네, 그래서 제가 계속 그걸 말하니 인근에 있는 공사장에서 방벽까지 세워 준다고 했습니다."

"그래, 그럼 그건 됐고."

그제야 표정이 풀린 신기호를 부하 직원이 바라보며 속으로 욕을 했다.

'지가 말 끊어 놓고서, 그리고 인사과장이 밀어붙이는 데 나보고 어쩌라고!'

그런 생각을 하고 있을 때 또다시 그를 부르는 목소리가 들렸다.

"여기 상황은 협회에 알렸어?"

신기호는 한껏 예민해진 탓에 날카로운 눈빛으로 부하 직원을 바라봤다.

게이트 발생과 상황에 대한 정확한 정보를 전달해 줘야 했다.

괜히 귀찮다고 늦장을 부리다가 게이트 브레이크의 위치가 사유지인 공원 내가 아닌 외부에 발생이라도 하게 된다면, 고생은 고생대로 하고 던전의 우선권은 엉뚱한 곳에 빼앗길 수 있기에 하는 말이었다.

만약 그런 상황이 발생한다면 아무리 이사급인 재난 본부장이라 하여도 자리를 보전하기는 어려울 것이 분명했다.

아니, 자리 보전이 문제가 아니라 너구리 월드가 받은 피해를 고스란히 덤터기 쓸 수도 있었다.

"걱정하지 마십시오, 헌터 협회에는 가장 먼저 신고하여 돌발 게이트의 위치까지 확인받았습니다."

"그래? 잘했어. 그건 그렇고, 협회에서는 누가 파견 온대?"

돌발 게이트나 차원 게이트가 발견되고 신고가 들어오면 헌터 협회에서는 그것을 확인하기 위해 감독관이나 협회 소속 헌터가 현장에 파견된다.

그리고 그들은 게이트 브레이크가 벌어지면 그것을 막으며, 헌터들을 지휘하고 후속 처리를 하게 된다.

"그게 마침, 헌터 협회 직할대 중 한 개 전대가 이곳에 있어 협회에서 헌터나 감독관이 오지 않고 그들이 현장을 지휘한다고 합니다."

"뭐? 그게 정말이야!"

"네, 그것도 그 유명한 팀 유니콘 중 하나라 합니다."

"오!"

부하 직원의 보고를 들은 신기호는 눈을 동그랗게 뜨며 감탄사를 내뱉었다.

전원이 각성 헌터로만 구성된 엘리트 헌터 부대인 팀 유니콘의 제5전대가 이곳에 있다는 것도 놀라운 일이었다.

헌터 협회에는 많은 직할대가 있는데 이중 가장 막강한 전력이 바로 팀 유니콘이다.

전원이 각성 헌터로 구성이 된 이유도 있지만, 이들은 모두 최소 5등급 이상의 상급 헌터들이었다.

"본부장님, 벌써 현장에 도착했답니다!"

옆에서 현장을 감시하던 직원 한 명이 신기호를 보며 입을 열었다.

그런 부하 직원의 이야기에 신기호는 잠시 망설였다.

그냥 이곳에서 현장을 지휘할 것인지 아니면 귀찮음을 무릅쓰고 현장에 나갈까, 하는 고민이었다.

하지만 헌터 협회 고위 헌터 전대를 언제 보겠는가.

신기호는 안면이라도 익힐 겸 현장으로 나가 보기로 하였다.

"모두 장비 챙겨, 현장으로 간다."

"네!"

평소 문제가 발생하면 나가는 걸 꺼려하던 신기호가 이번엔 다르게 나오자 부하 직원들은 의아해했다.

하나, 다른 일에는 느긋하지만 자신의 말에 토를 달거나 느린 것에는 불같이 화내는 그의 성격을 알기에 직원들은 마지못해 장비를 챙기기 위해 서둘렀다.

*　　　*　　　*

재식과 일행들은 K—11 구역에 도착했다.

대피하기 위해 몰려드는 사람들을 피해 현장에 오느라 조금 지체하기는 했지만, 아직 게이트 브레이크까지는 30분 이상의 시간 여유가 있었다.

"여긴 통제구역입니다. 관람객들은 모두 안전한 대피소로 이동하시기 바랍니다."

너구리 월드 직원은 현장으로 달려온 일행들을 막아섰다.

"협회에서 나온 헌터입니다."

최수연은 앞을 막아선 너구리 월드 직원에게 자신의 헌터 브레슬릿을 조작해 신분증을 보여 주었다.

그러고 나서 최수연은 뒤에 있는 일행도 함께 소개했다.

"이들은 제 팀원입니다."

재식과 다른 일행들도 뭉뚱그려 팀원이라 말해, 괜히 시간을 지체하기 보다는 먼저 현장을 둘러보기 위한 융통성을 발휘한 것이다.

"아, 협회에서 나오셨군요."

최수연의 신분증을 확인한 직원은 함께 온 일행이 모두 헌터 협회 소속의 헌터라 생각해 더는 막지 않고 통과시켰다.

"저기요! 거기 들어가시면 안 됩니다."

최수연과 일행들이 현장으로 들어가는 도중 저 멀리서 돌발 게이트가 있는 곳으로 다가가려는 이들이 있었다.

목에는 커다란 망원렌즈가 달린 카메라를 걸치고 있는 것이 아무래도 기자들 같았다.

어떻게 소식을 듣고 온 것인지, 가드 라인을 무단으로 넘는 것을 포착한 직원이 급히 고함을 지르며 그곳으로 뛰어갔다.

기자들이란 참으로 알 수 없는 족속들이었다.

헌터도 아니면서 자신의 목숨을 걸고 몬스터가 나올지도 모르는 위험한 장소에 들어가려 하다니.

몬스터는 기자라고 해서 그냥 두지 않는다.

그들은 때때로 동족도 잡아먹는 괴물이다.

그러한 사실을 알면서도 기사에 목숨을 걸고 뛰어드는 것이 어쩌면 대단하다 할 수도 있었다

하지만 재식이 보기에는 그러한 무모한 행동은 몬스터를 사냥하는 입장에선 그냥 민폐였다.

기삿거리를 위해 위험한 현장을 찾는 것으로 뭐라 하지 않지만, 멀리서도 충분히 상황을 파악할 수 있음에도 몬스

터 사냥에 방해가 되는 행동을 서슴지 않고 벌이는 것이 재식으로서는 마땅찮았다.

"뭐 해?"

"아, 아무것도 아니에요."

재식은 최수연의 물음에 기자들에게서 시선을 돌려 뒤를 따랐다.

조금 걸어가니 지상으로부터 한 2m 정도 떠 있는 검은 구체가 눈에 들어왔다.

그리고 그 위에는 붉은색의 숫자로 카운트가 되고 있었다.

[00 : 36 : 12]

브레이크까지 36분이 남았다는 표시가 눈에 띄었다.

"시간이 조금은 남았네요."

차원 게이트 위에 표시된 숫자를 본 태형이 말했다.

"그런데 장비가 없어서 어쩌냐."

수형이 시간을 보며 살짝 눈가를 찡그렸다.

아무리 각성 헌터라 하지만 장비를 착용하고 있는 것과 그렇지 않은 것은 전투를 하는 데는 상당한 차이를 보였다.

다만, 돌발 게이트의 경우 대체로 낮은 등급의 몬스터가 나오는 것이 일반적이기에 별다른 걱정을 하진 않았지만, 그래도 살짝 불안한 것은 사실이었다.

사실 팀 유니콘 제5전대원의 경우엔 전용 장비가 없어 불편하기는 하지만, 헌터 브레슬릿만 있으면 방어하는 것에는 큰 문제가 없었다.

재식이 만들어 준 아티팩트 팔찌가 헌터 브레슬릿과 연결되어 있기 때문이었다.

속성을 증폭해 주는 완드가 없어 평상시처럼 장시간 혹은 강력한 속성 공격을 할 수는 없지만, 사실 낮은 등급의 몬스터를 상대로는 방어가 문제지 공격은 문제될 것이 하나 없었다.

너구리 월드를 계열사로 두고 있는 그룹도 헌터 길드를 가지고 있기에, 그들이 출동하면 예비용 헌터 장비를 빌려 사용하면 된다는 생각이었다.

하지만 그런 최수연의 생각과는 다르게 현장에 도착한 재식은 남자들을 불렀다.

"잠시 여기로 와 봐."

"왜?"

자신들을 부르는 재식의 목소리에 마땅한 무기나 장비가 없어 심각한 표정을 짓고 있던 그들이 고개를 돌렸다.

"내가 예비로 가지고 다니는 장비들이 있으니까 손에 맞는 거나 골라 봐."

재식은 아공간에서 각종 무기류와 작은 크기의 소형 라운드 실드들을 바닥에 꺼냈다.

모두 오크 캠프에서 가져온 것들이었다.

향상된 신체 능력에 적응하기 위해 테스트하는 과정에서 습득한 것들로, 비록 자신이 쓸 것은 아니지만 조금 손을 보면 다른 헌터가 사용할 수 있을 것 같아 가져다 손봤다.

그저 단순하게 낡은 부분을 숫돌로 갈고 그런 것이 아니라 마법을 인챈트하여 아이템화 한 것이다.

최수연이나 제5전대에게 준 것보다는 위력이 약하지만, 일반 무기나 방어구보단 쓸 만한 물건이었다.

"아, 그래? 고맙다."

맨손으로 몬스터를 상대할지도 모르는 상태인데, 친구인 재식이 무기와 방어구를 주니 고마운 마음이 들었다.

"고맙긴 뭘… 저렴하게 모시겠습니다, 고객님."

"아, 뭐야."

느닷없이 저렴하게 모신다며 자신들에게 고객님이라 하는 것에 수형은 가자미눈을 하며 재식에게 야유를 부렸다.

그런 수형에게 재식은 얼른 무기와 방어구에 대한 설명을 덧붙였다.

"그게 어디 보통 물건인 줄 알아? 들어보면 깜짝 놀랄

거다."

"뭔데 그래."

"이게 아티팩트까지는 아니더라도 마법이 가미된 아이템이다."

"아이템? 그게 뭔데?"

수형은 재식의 말에 고개를 갸웃거리며 자신이 든 칼을 들여다보며 물었다.

그건 다른 사람들도 마찬가지였다.

아티팩트는 알지만 아이템이란 단어는 생소하기 때문이었다.

하지만 이들 중 아이템이란 단어를 알아들은 사람은 단한 명뿐.

그 사람은 바로 권인하의 남자 친구인 김수용이었다.

"게임에 나오는 그 아이템을 말하는 겁니까?"

김수용은 자신보다 나이가 어린 재식에게도 존칭을 사용하며 물어봤다.

"아이템에 대해 아세요?"

오히려 재식이 수용에게 눈을 동그랗게 뜨며 물었다.

"네, RPG 게임에 보면 무기나 방어구 등을 아이템이라 부르는데, 사실 게임하는 유저들 사이에서는 보통 아이템이라 하면 일반적인 물건은 취급을 안 하고, 마법이 가미되거나 그 이상을 그렇게 부르죠."

김수용은 들고 있는 글레이브를 쳐다보며 얘기했다.

그런 수용의 모습에 사람들은 그와 권인하를 번갈아 가며 쳐다보았다.

권인하는 사람들의 시선이 부담스러운지 급히 그에 대한 설명을 했다.

"전에 내가 말했잖아. 우리 오빠 게임광이라고……."

"아……."

"맞아 그랬지."

사람들이 권인하의 이야기에 수긍할 때, 정작 김수용은 들고 있는 글레이브가 상당히 마음에 드는지 재식을 보며 물었다.

"글레이브에는 어떤 마법이 걸려 있는 겁니까?"

"거기에는 근력을 올려 주는 스트렝스와 칼날의 절삭력을 높여 주는 샤프 블레이드 마법이 가미되어 있습니다."

"오오!"

재식의 설명을 들은 김수용은 저도 모르게 감탄성을 질렀다.

너무 놀라거나 기분이 좋을 때만 내뱉는 감탄사인데, 다른 사람들이 듣기에는 나이 값을 못한다고 생각할 정도였다.

붕—

김수용은 재식의 말이 끝나기 무섭게 들고 있는 글레이브를 가볍게 몇 차례 휘둘러보았다.

하지만 조금 전 들은 얘기와는 다르게 별다른 변화를 느끼지 못했다.

김수용은 글레이브를 보며 고개를 갸웃거렸다.

분명 칼날을 날카롭게 하는 샤프 블레이드 마법 외에도 힘을 늘려 주는 스트렝스가 있다고 하는데, 전혀 그런 감각이 없었다.

한편, 그의 행동을 주시하던 재식은 무엇 때문에 그러는지 알아차리고 얼른 설명을 이었다.

"아, 아직 마법이 발현되지 않고 있습니다."

"응?"

재식의 말에 한참 아이템을 건들여 보던 남자들이 일제히 의문을 표했다.

그 탓에 그들의 궁금증을 해결하기 위해 재식은 목을 한 차례 가다듬고서 말을 이었다.

"그건 아이템이라서 아티팩트처럼 자체적으로 에너지를 가지고 있지 않아요. 기능을 사용하려면 사용자의 마력이 필요해서 평상시에는 기능이 발휘되지 않게 조치를 취해 놨으니 필요할 때만 활성화시키면 됩니다."

재식은 아티팩트와 아이템의 차이를 설명했다.

그리고 이런 설명을 모두 들은 사람들은 고개를 끄덕였

다.

자체적으로 에너지를 가지고 있는 아티팩트에는 미치지 못하지만, 이 아이템도 꽤 뛰어난 무구였다.

위급한 순간, 제 능력 이상의 힘이 필요할 경우가 생길 터였다.

그럴 때 자신의 마력을 이용해 아티팩트처럼 사용할 수 있다는 것만으로도 충분히 가치가 있고, 헌터들에게는 히든카드를 하나 더 들고 있는 것이나 다름없었다.

다만, 에너지 소모가 큰 편이라 장시간 사용할 수는 없고 아티팩트처럼 눈 돌아가는 가격도 아니기 때문에 상당히 메리트 있는 물건이었다.

사실 재식이 구분하기 위해 이름을 다르게 붙이기는 했지만, 옥션에서는 재식이 부르는 아이템 또한 하급 아티팩트로 거래되고 있었다.

그럼에도 재식이 이렇게 무구를 아티팩트와 아이템으로 구분해 명명한 이유가 있었다.

헌터가 무구에 대한 기능이나 사용 방법에 대해 확실하게 알아야만 보다 정확하고 효율적으로 사용할 수 있다고 생각하기 때문이었다.

"그래서 어떻게 해야 하는데?"

옆에서 설명을 듣던 수형이 끼어들며 물었다.

그도 들고 있는 검의 진면목을 알고 싶기 때문이었다.

"간단해, 각 시동어를 외치고 '온'이라 하면 되고, 사용하지 않을 때는 반대로 '오프'라고 하면 돼."

"아니, 아이템이 무슨 가전제품이냐. 사용하려고 온, 오프라고 하게!"

수형은 재식의 설명에 어처구니가 없어 입을 내밀고 투덜거렸다.

"그러게 말이다. 내가 임의로 그러게 아니라 이 마법 자체가 원래 이렇게 설정이 돼 있더라."

재식도 수형의 말에 수긍하긴 하지만, 솔직히 억울한 감이 있었다.

챠콥의 마법을 그대로 이어받은 재식으로서는 왜 인챈트 기능을 사용하기 위해 온, 오프를 외쳐야 하는지 알 수 없었다.

인챈트 마법은 재식이 직접 만든 것이 아니기 때문이었다.

그렇다고 자신이 새로운 마법식을 만들기에는 너무나 까다롭고 힘든 일이었다.

이러한 이유들이 있지만, 이를 다른 사람들에게 설명할수는 없는 일이기에 그저 벙어리 냉가슴 앓듯 감내할 뿐이었다.

'발동어가 촌스럽긴 해도 이 정도면 감수하고서라도 쓰겠지, 뭐.'

재식은 속으로 말하고는 얼마 전 일을 떠올렸다.

헌터 옥션 코리아에서 기가스의 심장을 구하기 위해 아티팩트를 팔면서, 자신이 만든 물건들이 생각보다 엄청난 고가에 거래가 된다는 것을 알아차리고 깜짝 놀란 일을 말이다.

그 때문에 혹시나 자신이 만든 물건 때문에 혼란이 일지도 모른다는 생각에, 더 이상 아티팩트를 팔지 않기로 결정했다.

대신에 보다 기능이 떨어지는 아이템을 만들어 팔기로 생각을 전환했다.

물론 앞으로 아티팩트를 전혀 만들지 않는다는 것은 아니었다.

그저 상황이 무르익을 때까지는 수량을 조절하여 조금씩만 풀고, 대신 성능이 떨어지는 아이템을 먼저 대량으로 풀기로 결정하였다.

굳이 아티팩트를 만들기 위해 마법진에 들어가는 마나석을 따로 구할 필요가 없기 때문에 그러는 편이 재식에게 더 편한 방법이었다.

사실 아티팩트와 아이템의 차이는 바로 이것이었다.

인챈트한 마법진에 마나석을 사용하느냐, 그렇지 않느냐.

말 그대로 아티팩트는 마법진 중심에 마력을 공급하는 또 다른 마법진이 있어 그곳에 마나석이 들어가 에너지를 공급한다.

하지만 아이템은 그런 에너지를 공급하는 다른 마법진이 따로 있지 않고, 사용자의 마력만을 사용하기에 별달리 마나석이나 특별한 재료가 들어가지 않는 것이다.

그렇기에 제작자와 사용자가 모두 만족할 수 있는 제품이었다.

재식은 그렇게 생각하며 장난스럽게 수형에게 손을 뻗었다.

"마음에 안 들면 다시 줘."

"아니, 마음에 안 든다는 게 아니라… 어쨌든 네가 말한 대로 하면 된다는 거지?"

재식에게 뺏기지 않겠다는 듯, 수형은 곧장 들고 있는 검에 시동어를 작게 외치고는 몇 번 휘둘렀다.

붕—

자신이 들고 있는 검이 글레이브처럼 묵직한 중병기가 아님에도 휘두를 때마다 울리는 소리가 마치 벌이 날갯짓하는 것처럼 들렸다.

'뭐지?'

수형은 뭔가 이상한 생각이 들어 손에 든 검을 눈앞에 가까이 가져와 쳐다보았다.

'엇!'

그런데 그런 수형에게 이상한 것이 눈에 띄었다.

아주 희미한 빛이 검날에 맺혀 있었다.

또 이를 더욱 자세히 관찰하니 그 빛은 그냥 선처럼 길게 맺힌 것이 아니라 검날 표면에서 아주 빠르게 진동하고 있는 것을 확인했다.

수형은 그것을 보면서 문득 무언가 떠올랐다.

무기 마니아인 수형은 언젠가 이와 비슷한 걸 본 적이 있었다.

그것은 독일에서 개발된 무기로 독일연방 소속의 대(對)괴수 전담 부대인 슈타예거의 전용 무기 중 하나인 초진동 검이었다.

검날이 1초에 1,000회 이상 진동하면서 맞닿는 물체를 간단하게 절단하는 무기였다.

하지만 초진동 검은 빠르게 진동을 시키기 위해서 많은 에너지가 필요하기에 무척이나 커다란 크기와 무게를 가지고 있었다.

그렇기에 웬만한 사람은 그것을 사용조차 할 수 없었고, 거대화를 할 수 있는 소수의 헌터들만이 사용하는 무기였다.

재식이 보여 준 무기는 일반적인 검 형태와 무게를 가지면서도 초진동 검과 같은 위력을 보여 줬다.

그러니 검을 주무기로 사용하는 수형으로서는 지금 들고

있는 무기가 탐날 수밖에 없었다.

그리고 그 마음은 재식이 꺼내 놓은 무구들을 들고 있는 다른 사람들도 마찬가지였다.

4. 돌발 게이트 브레이크

너구리 월드의 K—11 구역을 중심으로 넓게 가드 라인이 처지고, 주변에는 혹시 모를 불상사에 대비하여 인근 공사장에서 긴급히 가져온 컨테이너와 철제 빔 등을 이용해 벽을 만들었다.

　하지만 이를 지켜보는 재식과 일행은 그들의 대비가 썩 마음에 들지 않았다.

　아무리 방벽을 만들어 놓았다고는 하지만, 게이트 브레이크가 발생하고 그곳에서 쏟아지는 몬스터를 처리하기 위해선 많은 수의 몬스터 헌터가 필요했다.

　그런데 너구리 월드 측에서 출동한 헌터의 숫자는, 겨우

한 개 공대가 조금 넘는 50명 정도에 지나지 않았다.

보통 돌발 게이트 신고가 들어오면 적게는 80명, 많게는 100명이 넘는 두세 개 공대 규모의 헌터가 투입된다.

그럼에도 안전한 처리를 장담하기 힘든 것이 돌발 게이트일진데, 너구리 월드 측에서는 그룹 계열로 있는 헌터 길드에서 너무 적은 수의 헌터를 파견했다.

만약 돌발 게이트가 브레이크 시간에 폭발하여 몬스터를 쏟아 낼 때, 고블린이나 놀과 같은 최하급 몬스터나 아니면 조금 더 등급이 높은 오크 정도만 튀어나온다면 상관없었다. 하나, 만약 그보다 조금이라도 더 높은 위험 등급의 몬스터가 쏟아진다면 큰 낭패를 볼 수도 있는 일이었다.

아니, 오크라고 해도 숫자가 많거나 주술사와 족장 등이 섞여 있다면, 이 또한 문제의 소지가 많았다.

특히나 오크 주술사의 경우 변수가 더욱 많았다.

만에 하나 놈들이 게이트에서 나오기라도 한다면, 자신이 가진 주술을 이용해 일반 오크들을 광전사로 만들 수도 있었다.

그러한 탓에 그 모습을 본 일행은 너구리 월드 측의 안일한 태도에 화가 났다.

하지만 돌발 게이트가 발생한 장소가 확실하게 개인 사유지인 너구리 월드 안에 위치해 있어, 마음대로 처리할 문제가 아니기에 그들은 가만히 지켜만 보았다.

만약 게이트 브레이크가 발생하고 너구리 월드에서 제대로 대응하지 못하게 되면, 그때 나서서 그들의 권리를 뺏으면 그만이었다.

"언니! 저 사람들 너무 안일한 것 아니에요?"

이하윤은 K—11 구역 한쪽에 자리를 잡고 있는 최수연을 돌아보며 물었다.

"뭐, 자신 있나 보지."

그 물음에 답을 한 것은 최수연이 아닌 옆자리에 있던 신초롱이었다.

평소 그녀의 성격과는 다른 냉소적인 대답이었다.

"확 뺏어서 우리 자기 클랜에 넘겼으면 좋겠다."

"저런 놈들이 장비나 제대로 챙기겠어? 빌릴 생각을 한 내가 다 부끄럽네."

수연이 두 사람의 대화에 끼어들었다.

가만히 듣고 있던 정미나가 장비 얘기에 문득 생각난 게 있어 옆으로 시선을 돌렸다.

옆에는 글레이브와 폼이 조금 큰 레더 아머를 만지작거리며 조용히 미소 짓는 김정태가 있었다.

'저렇게 좋아하는데, 재식 오빠에게 이야기해서 제대로 된 것을 만들어 달라고 할까?'

정미나는 자신의 애인인 김정태가 장비를 보며 좋아하는

모습에 그런 생각을 했다.

이미 재식에게 아이템이 아닌 그보다 훨씬 좋은 아티팩트를 선물받아 사용하고 있는 그녀로서는 지금 정태가 들고 좋아하는 아이템이 썩 마음에 들지 않았다.

"좋아?"

문득 자신도 모르게 정태에게 물었다.

"당연하지, 지금까지 이렇게 좋은 무구들을 본 적이 없어."

정미나의 질문에 정태는 고개도 돌리지 않고 대답을 했다.

그 모습이 조금 서운하기도 했지만, 한편으로는 얼마나 마음에 들면 그럴지 생각하니 조금은 안쓰러웠다.

자신은 그것과는 비교도 되지 않을 아티팩트를 재식에게서 선물로 받았으니 말이다.

하지만 그녀도 이제는 재식이 선물로 준 아티팩트가 그렇게 가볍게 주고받을 만한 물건이 아닌 걸 알았다.

정확한 가격까지는 알지 못하지만 헌터 협회, 아니, 협회장인 김중배가 어떤 조건을 걸고 재식에게 아티팩트 제작 의뢰를 한 것인지는 익히 들어 알고 있었다.

그런데 정미나가 알고 있는 그 정보조차도 정확하지 않다.

제작한 재식과 제작 의뢰를 한 김중배도 아티팩트의 정확한 가치를 당시에는 알지 못했다.

그러다 우연히 재식이 헌터 코리아 옥션을 통해 자신이 만든 아티팩트의 가치를 알게 되면서 추가 제작 의뢰는 파기되었다.

원칙대로라면 재식이 손해를 보더라도 이미 계약한 대로 매달 열 개씩 아티팩트를 제작하여 헌터 협회로 보내 줘야만 했다.

그리고 나서 추후 판매 금액의 일부를 계약서에 따라 분배하면 될 일이었다.

하지만 김중배는 과감하게 계약을 파기했다.

헌터 협회의 입장에서 계약을 고수하는 것이 겉으로 보기에는 이익이지만, 혹시나 재식이 계약에 불만을 품고 다른 나라로 망명하게 된다면 대한민국에는 그보다 더 큰 손해가 없다 판단했다.

그러한 생각 끝에 김중배는 아티팩트의 가치를 알자마자 재빨리 재식과 논의하여 후속 계약을 파기하였다.

재식에게 빚을 지워 두어 나중에 필요할 때 협조를 받는 편이 훨씬 더 이득이기 때문이었다.

한편, 자신의 연인이 어떤 생각을 하고 있는지도 모르는 채 정태는 재식이 빌려준 무구를 쓰다듬으며 좋아하고 있었다.

그러나 또 한편으로는 이번만 쓰고 돌려줘야 한다는 안타까움이 섞인 복잡한 눈빛을 하고 있었다.

비록 자신이 각성 헌터이기는 하지만 육체 능력 향상이라는 조금은 애매한 능력이기에 헌터로서는 한계가 있었다.

그런데 지금 들고 있는 무기나 방어구에 관한 설명을 듣고서 본능적으로 자신의 한계를 극복하고 더욱 위로 올라갈 수 있는 길을 보았다.

육체 능력 각성자는 단단한 육체와 인간의 몇 배나 되는 힘과 체력을 갖는다.

이러한 능력은 각성 초기에는 빠르게 성장하지만, 어느 정도가 지나면 그 상승폭이 줄어들었다.

상대해야 할 몬스터의 등급은 한 단계 오른 것에 불과하지만, 하급 몬스터와 상급 몬스터의 차는 극명했다.

각성 초기 하급 몬스터를 상대할 때는 육체 능력 각성자가 전장을 휘어잡을 수 있으나, 등급이 오르면서 상황은 역전된다.

5등급 몬스터만 되어도 6등급 육체 능력 각성자는 신중하게 상대해야만 했다.

등급이 자신보다 낮다고 방심을 하다가는 자칫 골로 갈 수가 있었다.

그런데 지금의 장비만 있다면, 그런 걱정을 한 번에 날려버릴 수가 있었다.

무기의 경우에는 성능을 올려 주는 기능이 있는 것은 물론이고, 근력 또한 더욱 높여 주는 기능이 있었다.

물론, 사용자가 보유하고 있는 에너지를 사용한다는 약점이 있기는 하지만, 어차피 육체 능력 각성자의 경우에는 남아도는 것이 마력이었다.

거기에 방어구는 또 어떤가.

게임이나 SF 영화에 나오는 방어막이 타격점에 발생하여 충격량을 줄여 줬다.

그것도 한 번에 끝나는 것이 아니라 착용자가 모든 에너지를 소비하여 더 이상 방어구의 기능을 사용하지 못할 때까지 자동으로 생성됐다.

그렇기에 웬만한 방어형 아티팩트보다 기능면에서 뛰어날 것이 분명했다.

방어형 아티팩트는 보통 착용자가 시동어를 외쳐야만 사용이 가능했다.

그러나 재식이 빌려준 방어구는 별다른 조치 없이 대기 모드에 있다가 타격을 받으면 자동으로 반응하는 것이었다.

현장에서 직접 몬스터를 상대하는 헌터에게는 사실 시동어를 외쳐야 작동하는 방어형 아티팩트는 효율이 떨어졌다.

그리고 정태뿐만 아니라 재식의 아이템을 빌린 다른 남자들 또한 그와 비슷한 모습을 하고 있었다.

특히나 권인하의 애인인 김수용은 더욱 그러했다.

김수용은 아직 하나의 공대만 가지고 있는 작은 헌터 길드의 간부로 있었다.

하지만 길드라 하여도 기업의 후원을 받는 그런 헌터 길드가 아니기에, 어떻게 보면 재식의 친구인 수형과 비슷한 포지션에 있는 사람이었다.

그러다 보니 항상 길드를 키우기 위해 여러 궁리를 해 왔는데, 마침 좋은 기회가 찾아왔다.

바로 애인과 그녀의 친구들이 합동 데이트를 하자고 해서 그 자리에 끼게 된 일이었다.

애인인 권인하가 소속된 헌터 협회 직할대인 팀 유니콘 제5전대에 어떤 의미를 가지고 있는지, 그리고 그 소속원들과 어떤 관계인지 너무도 잘 알기에 그녀가 멤버들과 합동 데이트를 하자고 제안할 때 그리 거부감이 들지 않았다.

다만, 그러던 중 우연히 전대장인 최수연의 연인이 된 사람이 상당한 능력을 가진 헌터란 사실을 알게 되었다.

공식적으로 대한민국에 네 번째로 등록된 S급 헌터이며, 반년 전 출몰한 7등급 보스 몬스터인 어스 드레이크를 잡는 데 결정적 역할을 한 사람이기도 하다는 것을 들었다.

그런 유명 인사를 볼 수 있다는데, 굳이 뺄 이유가 없었다.

애초에 빠질 생각도 없었지만 말이다.

어쨌건, 수용은 흔쾌히 대답하고는 놀이동산에서 그를 보게 되었다.

그의 첫인상은 예상과 너무나 달랐다.

몇 안 되는 S급 헌터이고, 또 7등급 보스 몬스터 레이드의 주역이라 해서 엄청난 포스를 풍기는 그런 위압적인 인상의 헌터라 예상했는데, 막상 만나고 보니 그런 것과는 먼 모습이었다.

키가 커서 강인한 인상을 주기는 하지만, 그렇다고 우락부락하거나 와일드하기보다는 든든한 느낌이 강했다.

또, 외모도 꽃미남은 아니지만, 선이 굵은 탓에 상당히 남자답게 잘생긴 편에 속했다.

그러면서도 이상한 느낌이 들었다.

수용은 헌터로서의 감각에 재식이 함부로 대할 사람이 아니라는 게 느껴졌다.

그 탓에 단순한 겉모습으로 판단할 게 아니라는 느낌이 들어, 그는 데이트를 하는 내내 조심히 재식을 관찰했다.

처음에는 별다를 게 없었다.

친구와 애인이 함께 있어서 그런지 제 또래로 보였다.

그러나 돌발 게이트가 발생했다는 경고 방송을 들은 뒤,

그제야 수용은 재식에 대해 많은 것을 알게 되었다.

권인하에게 얘기 들은 것보다 재식이 훨씬 더 강력하고 위험한 존재라는 것을 말이다.

분명 지금까지 관찰한 것만 보면 재식은 그렇게 위험한 사람이 아니었다.

그런데 돌발 게이트가 발생한 K—11 구역에 도착을 했을 때, 생각지도 못한 무구를 내놓은 재식을 보았다.

솔직히 연인인 권인하 때문에 돌발 게이트가 있는 곳까지 따라오기는 했지만, 데이트를 위해 나온 것이라 따로 장비를 착용하고 있지는 않았다.

냉정히 생각한다면 자리를 피하는 것이 맞았다.

그런데 어떻게 가져온 것인지는 알 수 없지만, 재식이 아주 특별한 무구들을 빌려주었다.

그제야 수용은 자신이 재식에 대해 아무 것도 모른다는 것을 깨달았다.

재식이 가지고 있는 능력은 외적으로 보이는 것 외에도 숨겨진 것이 더 많았다.

그런 비밀 중 일부는 자신의 애인은 물론이고, 헌터 협회 직할대인 팀 유니콘 제5전대에 속한 이들도 그러한 비밀을 알고 있다는 것을 말이다.

'조금만 일찍 알았다면 우리 길드원들도 이런 엄청난 무구를 가질 수 있었을 것인데…….'

그러한 생각도 잠시였다.

설사 안다고 해도 그가 길드원을 위해 무구를 만들어 준다는 법도 없었고, 만들어 달라고 강짜를 놓을 만큼 정신머리가 없지도 않았다.

호의는 호의일 뿐이었다.

그럼에도 손에 들린 글레이브를 보고 있자니, 수용은 자신의 길드원도 이런 무구를 가진다면 지금보다 더 강해질 거라는 상상이 절로 들었다.

'이번 일만 끝나면 한번 말이라도 꺼내 볼까?'

욕심이라는 것을 알면서도 지금 자신이 착용한 무기와 방어구는 너무도 탐나는 물건이었다.

이번 일이 끝나면 돌려줘야 함에도 욕심이 나는 것은 다른 사람과 별반 다를 게 없었다.

이렇듯 무구들을 챙긴 남자들이 각자 자신만의 생각을 하고 있을 때, 최수연은 너구리 월드 재난 대책 본부와 머리를 맞대며 계획을 짜고 있는 헌터들을 보고는 인상을 찡그렸다.

수년을 헌터 협회 소속 헌터로서 활동하면서 많은 헌터와 헌터 길드들을 보아 왔다.

그런데 지금 여기 있는 이들처럼 규율이 개판인 헌터 길드도 처음 보았다.

막말로 이들이 보이는 모습은 마치 소속도 없는 임시 공대를 보는 것 같았다.

헌터 길드 소속이라면 역할에 따라 팀을 짜고, 위치를 잡는 것부터가 다른데, 지금 오대 길드의 헌터들은 대충 흉내만 내고 방만하게 자리를 잡고 있었다.

이대로 게이트 브레이크가 일어난다면 결과는 뻔했다.

아마 브레이크 초기에 쏟아지는 몬스터를 감당하지 못하고 대형은 무너져 버릴 것이고, 몬스터는 사방으로 뿔뿔이 흩어질 것이다.

다만, 너구리 월드 측에서 울타리를 잘 쳐 놔 몬스터들이 밖으로 나가지는 못하겠지만, 그것은 그것대로 이 자리에 있는 오대 길드의 헌터들에게 악몽의 재림일 뿐일 테다.

"야, 인마! 대형 똑바로 잡지 못해!"

저 멀리서 오대 길드의 관계자가 돌발 게이트 주변에 포진한 헌터들을 보며 고함을 질렀다.

하지만 뉘 집 개가 짖느냐는 듯, 헌터들은 잠시 고함 소리가 들리는 곳을 한 번 쳐다보고는 다시 제 할 일만 하기 시작했다.

그 모습을 지켜보던 최수연이 한심하다는 듯 눈살을 찌푸렸다.

그리고 그건 재식 또한 마찬가지라 툭하고 말이 튀어나왔다.

"저러니 10대 그룹인 오대의 지원을 받으면서도 길드 순위가 100위권 밖이지."

그런데 혼자 생각한다는 것이 너무 몰입한 나머지, 그만 입 밖으로 내뱉고 말았다.

"뭐야?"

마침 근방을 지나던 한 남자가 재식의 말을 듣고서 가던 길을 멈췄다.

그러고는 고개를 돌려 재식을 노려보며 소리쳤다.

"너, 방금 뭐라 했어!"

그 남자는 재식을 보며 대뜸 반말하며 고함을 질렀다.

"뭐야, 무슨 일이야?"

"무슨 일인데 그래?"

그 남자의 고함 소리에 자신들만의 생각에 젖어 있는 수용이나 다른 사람들도 정신을 차리고 재식의 근처로 다가왔다.

"뭐, 내가 틀린 말이라도 했나?"

원래 재식의 성격이라면 사실이 그렇더라도 관계자가 들을 때 기분이 나쁠 수도 있다 생각해 사과했을 것이다.

그러나 대뜸 들려오는 반말과 고함에 순간 화가 나 재식도 그 사람의 말을 받아쳤다.

"뭐야? 이 어린놈의 자식이!"

남자는 그 말에 더욱 흥분하더니, 급기야 따귀를 때리려는 듯 한 걸음 다가오며 손을 번쩍 들었다.

하지만 그런 사내의 행동은 실천으로 옮겨지지 않았다.

우웅—

재식은 몸에 걸린 1단계 봉인을 풀었다.

이는 실질적인 봉인이 아니라 그저 힘을 사용하는데, 컨트롤하기 편하게 임의의 가이드라인을 정해 놓은 구간이었다.

하지만 겨우 1단계일 뿐이지만, 그것만으로도 재식에게서 풍겨지는 느낌이 확연히 달라졌다.

그 때문에 자신의 길드 험담을 하는 재식에게 손찌검을 하려다가 순간 분위기가 바뀐 탓에 몸이 굳어 다가가지 못했다.

마치 천적이라도 만난 것처럼 사내는 그에게 위압감을 느끼며 몸이 굳어 버렸다.

이에 재식과의 다툼 때문에 시선이 몰려들자, 사내는 더욱 얼굴이 붉어졌다.

"……."

사내는 덜덜 떨려오는 몸으로도 재식의 뒤편에 있는 여자들을 바라보았다.

하나같이 쉽사리 볼 수 없는 미인 넷과 그 외 잔챙이 네 마리가 있었다.

그들이 애인이든 아니든 중요치 않았다.

자신은 오대 길드의 헌터였고, 어디 가서 꿀릴 실력도 아니었다.

그래서 강함을 내보이려 다가간 것인데 웬걸, 눈빛만으로 이렇듯 살 떨리게 무서운 경험은 헌터가 되고 처음 보스 몬스터를 봤을 때 이후로 처음이었다.

이럴 때 어떻게 해야 할지 잘 알고 있는 그는, 가슴과 어깨에 힘껏 힘을 주고서 숨을 크게 들이마셨다.

그러고서…….

"후우~ 어휴, 내가 참는다, 참아!"

자신이 참는 것이라며 큰소리로 말을 하고는 저 멀리 도망치듯 떠났다.

*　　　*　　　*

시비를 걸던 사내가 허둥지둥 도망치자 일행의 시선이 이번에는 재식에게 쏠렸다.

"어떻게 한 거야?"

재식이 별다른 행동도 하지 않았는데 갑자기 사내가 도망치는 것이 의아했다.

7등급 헌터인 최수연도 재식이 사내를 향해 기운을 일으켰다는 것을 눈치채지 못한 것이었다.

이는 재식의 마력 컨트롤이 그만큼 정교해졌다는 말이기

도 하다.

심장을 이식한 직후에는 이렇게까지 미세하게 컨트롤하지 못했지만, 그동안 피나는 노력에 의해 이 정도는 쉽게 할 수 있게 되었다.

"몸에 있는 에너지를 움직여서 상대에게만 쏘아 보내면 가능해요."

재식은 자세하게 말해 주려다가 이내 마음을 돌렸다.

어차피 오직 자신만이 할 수 있는 것이기에, 그냥 최대한 단순하게 설명하는 게 좋다는 생각이었다.

"그게 가능해?"

"난 그게 되네."

가만히 지켜보던 정미나의 물음에 재식은 빙그레 웃으며 대답했다.

설명하기가 힘들어서 한 말이지만 다르게 들으면 꽤나 재수 없을 법한 반응이었다.

그 대답에 할 말을 잊은 사람들이 가만히 재식의 얼굴만 쳐다보았다.

'그게 가능하다고?'

'말도 안 돼!'

믿을 수 없는 일이었다.

그 정도로 섬세한 마력 컨트롤을 할 수 있다는 말은 지금 껏 들어 본 적이 없었다.

하지만 정작 본인이 된다며 직접 보여줬는데, 거짓말이라고 할 수도 없는 노릇이었다.

일행의 반응이야 어떻든 재식은 게이트의 브레이크 카운트 시간을 확인하고는 소리쳤다.

"곧 브레이크가 일어날 것 같으니 모두 준비하자."

그런 재식의 말에 최수연을 비롯한 사람들도 남은 시간을 확인하고서 각자 게이트 브레이크에 대비했다.

"일단 제가 먼저 방어할 것이니, 제 뒤로 서세요."

브레이크가 발생할 때면 강력한 충격파가 뿜어져 나온다.

이에 제대로 대응하지 않으면 그 기운에 휩쓸려 목숨을 잃을 수도 있었다.

물론 지금 이들이 서 있는 장소라면 충격파를 맞더라도 목숨이 위험할 정도는 아니었다.

그러나 충격파에 휩쓸린 파편이라면 충분히 위협이 되었다.

제아무리 장군이라도 눈 먼 화살에는 답이 없는 법이다.

그렇기에 최수연을 비롯한 제5전대의 대원들은 군소리 없이 그의 뒤에 자리 잡았다.

그런 이들의 모습을 본 김수용이나 다른 남자들도 조용히 그녀들의 뒤를 따랐다.

[00 : 00 : 07]

[00 : 00 : 06]

[00 : 00 : 05]

…….

[00 : 00 : 01]

[00 : 00 : 00]

꽝!

슈슈슈슉!

카운트가 끝나고 커다란 폭발이 일어났다.

순간, 자욱하게 흙먼지가 날리며 K—11 구역은 물론이고, 그 옆인 K—12 구역까지 모두 덮을 정도로 엄청난 양의 먼지구름이 형성되었다.

그 때문에 한 치 앞을 볼 수 없을 정도로 시계가 가려졌다.

"으악!"

"살려 줘!"

그런데 먼지 구름 안에서 갑자기 사람들의 비명 소리가 들려오기 시작했다.

그와 함께 몬스터의 것 같은 울부짖음도 이어졌다.

그르륵!

우어엉!

K—11 구역의 외각에 위치한 재식과 일행들은 덮쳐 오는 흙먼지를 피하기 위해 자세를 낮췄다.

"윈드 월!"

재식은 뿌옇게 다가오는 흙먼지를 막기 위해 바람의 벽을 세웠다.

다른 때라면 안전하게 배리어 마법을 사용했을 테지만, 느낌상 그리 위협적이지는 않다는 판단에 바람의 벽으로 대신했다.

'오크들 같은데.'

흙먼지 속에서 들리는 오크와 늑대의 하울링으로 보아 분명 전쟁군주 휘하 오크 라이더들이 분명했다.

"누나, 오크야."

"오크? 확실해?"

"다만 전쟁군주 휘하의 오크들 같아."

"전쟁군주? 일반 오크와 많이 달라?"

전쟁군주의 오크라는 재식의 설명에 최수연이 의아한 듯 물었다.

오랜 시간 헌터 생활을 하면서도 전쟁군주라는 말은 처음 들었다.

그래 봤자 오크는 오크.

그렇기에 수연은 아직도 방금 재식이 말한 전쟁군주 휘하 오크라는 것에 별다른 위협을 느끼지 않았다.

하지만 재식은 챠콥의 기억을 가지고 있기에 밝은 표정이 지어지지가 않았다.

물론 자신이 혼자뿐이라면, 아무리 전쟁군주 휘하의 오크들이라 하더라도 이렇게까지는 긴장하지 않았을 테다.

그런데 자신의 뒤에는 최수연을 비롯한 지인들이 함께하고 있었다.

이들이 아무리 대단한 헌터들이라고는 하지만, 상대 또한 무시할 만한 상대가 아니었다.

일반 오크들과 다르게 일생을 전쟁으로만 다져 온 전사 중에 전사.

게다가 이들에게는 특별한 무기가 있는데, 그것은 바로 이들이 타고 다니는 늑대들이었다.

위험 등급 5등급으로 분류되는 다이어 울프 중 순백에 가까운 털을 가진 실버 팽이였다.

덩치는 일반적인 다이어 울프보다는 조금 작다고는 하지만 그래도 인간만큼이나 큰 채구를 가지고 있었다.

혼자서도 트롤 정도는 손쉽게 사냥할 수 있을 정도로 지능도 높고, 힘 또한 강력한데다가 아주 민첩하기까지 했다.

그렇기에 전쟁군주의 휘하 오크들은 이러한 실버 팽들을 포획하여 자신의 탈것으로 길을 들였다.

오크들은 이런 이들을 라이더라 불렀다.

그리고 라이더는 전사 중에서도 아주 특별한 존재들만이 될 수가 있는데, 이들의 무력은 6등급 몬스터인 오거에 육박할 정도로 위험했다. 게다가 만약 무리를 지어 전술적인 움직임을 보인다면 그야말로 재앙의 강림이었다.

실제로 중국에서는 전쟁군주 휘하 오크들로 인해 성 하나가 난장판이 된 적도 있었다.

그러니 재식으로서는 자신의 뒤에 있는 이들의 안위가 걱정될 수밖에 없었다.

"누나, 오크라고 방심하지 마. 그리고 내가 준 아티팩트나 아이템이 있다고 해서 안일하게 대응하다가는 낭패를 볼 수도 있으니까 조심하고."

재식은 뒤로 돌아보지 않고 경고를 하였다.

"그리고 내가 좀 날뛰더라도 놀라지 말고. 알았지?"

말은 자신의 뒤에 있는 최수연에게 했지만, 사실 일행 모두에게 해당하는 소리였다.

놀라지 말라고 하는 것은 여차하면 몬스터의 힘을 깨워 거대하게 변신할 생각까지 하고 있기 때문이었다.

그만큼 전쟁군주 휘하 오크 라이더와 오크들은 방심할 수 없는 존재들이기 때문이다.

재식이 아무리 어스 드레이크의 유전자를 받아들이고 기가스의 심장으로 업그레이드를 했다고 하지만, 자신은 혼자였다.

물론 그의 등 뒤에 최수연을 비롯한 제5전대의 대원들과 레볼루션 클랜의 핵심 멤버 세 명과 그에 못지않은 실력자들이 있다고는 하지만, 오크들의 숫자에 비해선 열세가 분명했다.

지금도 오대 길드에서 파견된 헌터들은 오크들에게 학살을 당하고 있었다.

사실 그건 모두 자업자득이었다.

차원 게이트에서 어떤 몬스터가 나올지 모르는데도 평소에 약한 놈들만 나온다며 방심했으니, 전적으로 그들의 잘못이었다.

아직까지 차원 게이트가 어떤 식으로 운용이 되는지, 무엇 때문에 나타난 것인지 알지 못하는 인류다.

아무리 그것에 적응했다고 해도 몬스터는 인간보다 월등히 강력한 종.

몬스터에 대한 경계는 아무리해도 지나치지 않았다.

목숨이 걸린 일이니까 말이다.

그런데 오대 길드의 헌터들은 방만하게 대응하다 대가를 받는 중이었다.

굳이 일행의 안전을 포기하면서까지 그들을 구해 줄 의무가 없었다.

이윽고 앞을 가리던 뿌연 흙먼지가 가라앉고 시야가 보이기 시작했다.

그렇게 나타난 K—11 구역은 그야말로 지옥, 그 자체였다.

차원 게이트 주변에 포진해 있던 오대 길드의 헌터들 중에 더 이상 숨이 붙은 자는 하나도 없었다.

사지가 뜯기고, 잘려 나갔다.

머리가 둔기에 맞아 파괴되어 현장은 그들이 흘린 피로 붉게 물들어 있었다.

그러한 아수라장 한가운데 홀연히 서 있는 존재가 있었다.

검은 피딱지 위에 새롭게 검붉은 피를 뒤집어쓴 채 재식이 있는 방향을 바라보는 오크 라이더 서른 마리.

커다란 은빛 늑대의 털에는 그 어떤 오물도 묻어 있지 않았는데, 그 때문에 오크 라이더와 대비되어 더욱 두려움을 느끼게 만들었다.

꿀꺽—

누구인지 알 수 없지만 재식의 뒤에서 침 넘어가는 소리가 들렸다.

"저게 말이 돼?"

너무 놀라면 사람들은 무감각해진다 했다.

50여 명의 오대 길드 헌터들이 전멸하기까지 불과 몇 분 걸리지도 않았다.

아무리 오합지졸 같은 모습을 보여 준다 해도 대기업의 후원을 받는 헌터들이었다.

그들은 최소 5등급은 되는 헌터들인데 그런 이들이 순식간에 전멸했고, 또 그것을 행한 놈들은 불과 30마리의 오크 라이더들이었다.

물론 오크 라이더가 전투를 벌일 때, 그들이 타고 다니는 실버 팽이 도움을 준다고는 해도 너무도 일방적인 결과였다.

더욱이 놈들은 가벼운 상처조차 없는 상태.

"저들 하나하나의 전투력은 트롤보다 위고, 타고 있는 흰색 늑대도 트롤 정도는 사냥할 수 있어. 무엇보다 위에 타고 있는 오크 라이더와 하나가 되었을 때의 위력은 오거에 필적할 정도로 강해."

재식은 굳은 표정으로 일행들에게 다시 한번 경고했다.

"뭐가 그리 강해?"

뒤에서 수형의 얼빠진 목소리가 들렸다.

"그럴 수밖에, 저들은 평생을 전쟁터만 떠돌아다녔으니까."

"그런데 그걸 네가 어떻게 알아?"

문득 이야기를 듣고 있던 수형은 의문이 들었다.

지금 모인 이들은 비록 나이는 어리지만, 그래도 헌터로서는 한자리씩은 차지하고 있었다.

그럼에도 재식이 말한 내용을 알고 있는 사람은 없었다.

S급에게는 특별히 고급 정보가 가는지도 떠올려 보지만, 정보의 우선순위로 봤을 때 협회 직속인 자신의 누나가 더 윗줄이었다.

수형은 치미는 궁금증에 두 눈을 크게 뜨고 재식을 바라봤다.

하지만 들려온 대답은 그를 황당하게 만들었다.

"비밀."

"야!"

"농담 따먹기는 여기까지, 모두 긴장하라고. 곧 전투가 시작될 거야."

"알았어!"

"내가 전면을 맡을 테니, 수형이와 태형이가 누나와 다른 사람들을 보호해 줘. 뒷말은 하지 않아도 알지?"

재식은 오크 라이더들이 다시 전투태세로 돌입하는 것을 보며 다급히 말했다.

"알았어! 우리는 뒤에서 보조하면 되는 거지?"

최수연과 팀원은 근접전이 아닌 원거리 공격을 하는 편이 훨씬 유리하기에 재식의 말을 알아듣고 대답했다.

"그렇게만 하면 우리들만으로도 충분히 저들을 상대할 수 있을 거야."

"알았어. 그래도 혹시 모르니 협회로 지원군을 보내 달라고 할게."

"그리고 모두에게 다시 한번 말하지만, 오크라고 방심하지 마세요. 저것들은 하나가 있을 때도 오거 한 마리에 버금갈 정도로 위험한데, 무리 지어 있을 때는 더욱 위험하다는 걸."

"응, 알았어. 너도 조심해야 돼."

정식으로 사귀기로 하고 첫 데이트인데 이렇게 몬스터 때문에 방해를 받는 것에 화가 나는 한편, 재식의 능력을 알고 있으면서도 걱정되는 건 어쩔 수 없었다.

하지만 앞으로 달려가는 재식이 기가스의 심장에 있는 마력을 풀어내고 커다랗게 변하는 모습을 보고는 순간적으로 깜짝 놀랐다.

"엄청 크네……."

"뭐야! 재식이 저놈 헐크였어?!"

"전에 봤을 때는 저런 능력이 없었는데……."

재식의 커지는 몸에 뒤에서 이를 지켜보던 수형과 태형이 한마디씩을 내뱉었다.

"어머, 저 근육 좀 봐."

"야, 정미나! 너 지금 뭘 보는 거야!"

"우와, 한 번 만져 보고 싶다."

"와! 등빨 장난 아니다."

뒤에서 여자 일행들이 한마디씩 하는 것이 들렸다.

하지만 재식은 그런 것을 무시하고 최대한 집중하며 오크 라이더가 있는 한가운데로 달렸다.

5. 오크 라이더와의 전투

오크 라이더 군단장인 쉴칸은 군주 오르칸의 명령으로 전장으로 이동하던 중 그의 부하들과 함께 이상한 빛에 휩싸여 납치됐다.

곧 정신을 차렸을 때 보이는 곳은, 태양은 물론이고, 별조차도 없는 이상한 땅이었다.

처음에는 의아하고, 조바심이 났다.

전사는 전장에서 죽어야 비로소 의미가 있는 것이었다.

그런데 알 수 없는 곳에 덩그러니 버려져 군주의 명을 받들지 못할 판이었다.

그건 명예롭지 못한 일이었다.

그때, 부하 하나가 다가왔다.

"사령관님, 보셔야 할 게 있습니다."

말이 끝나자 셜칸의 앞에 있던 오크들이 쫙 갈라졌다.

그제야 부하들로 가득 찬 시야에 다른 것이 보였다.

"저들이 왜 이곳에 있지?"

자신들과 전쟁을 벌이던 리자드 족은 물론이고, 왕국을 위협하던 자이언트 트롤 족과 트윈 헤드 오거 카발라와 그의 부하들도 있었다.

셜칸은 그들을 보며 씩 웃었다.

명예를 되찾을 기회가 생긴 것을 알아차렸다.

게다가 지금 그의 머릿속에는 마치 누군가가 저들을 죽이라 말하는 듯 살의가 넘쳐흐르고 있었다.

"전투 준비하라!"

그의 외침과 함께 부하들이 대열을 갖췄고, 완벽히 전열이 형성되자 이내 돌격했다.

좁은 공간은 아니지만, 적대시하는 세 종족이 한데 모여 있다 보니 혈전은 피할 수 없었다.

어떻게 적대하는 종족이 한 자리에 있는 것인지는 알 수 없었다. 그러나 이들은 깨어나자마자 이상하다는 생각보다 눈앞에 보이는 적에 대한 살의만이 가득했다.

그러고는 피의 축제.

세 종족은 마지막 한 놈의 숨을 끊을 때까지 끝없는 전투를 벌였다.

비록 시간은 오래 걸렸지만 결국에는 쉴칸이 지휘하는 오크 라이더 군단의 승리로 끝이 났다.

하지만 그 많던 오크 라이더 군단은 이제 겨우 30여 남짓.

그런데 어찌 된 일인지 전투가 끝나고 군단을 수습하기도 전에 이상한 공간은 또 다른 변화를 일으켰다.

마치 해가 산 너머로 넘어가고 밤이 된 것처럼 어두워졌다.

한 치 앞도 보이지 않을 정도의 어둠.

그러던 것도 잠시. 천둥소리와 함께 주변이 밝아졌다.

먼지 때문에 앞이 잘 보이지 않았지만, 가슴을 답답하게 누르던 공기도 사라지고 온몸에 활력이 끓어올랐다.

지금 상태라면 오거도 찢어 죽일 수 있을 것 같았다.

그런데 사방을 가리는 먼지 속에서 희미한 소음이 들렸다.

그것은 결코 자신의 부하나 동족이 내는 소음이 아니었다.

아니, 그들은 이런 상황에서 절대로 소리를 내지 않는다.

그래서 조용히 숨죽이고 있을 부하들에게 주변에 살아 있는 것들을 모두 처리하라는 명령을 내렸다.

비록 서른에 불과한 오크 라이더지만, 느껴지는 적들의 상태를 보아 별걱정이 되지 않았다.

감히 일반 전사 정도의 전투력을 가진 놈들이 숨어서 기습하려는 게 너무나 가소로웠다.

그리고 결과는 쉴칸의 예상대로였다.

먼지가 채 걷히기 전에 새로운 적도 모두 정리가 되었다.

"사령관님, 적들을 섬멸하였습니다."

먼지가 걷히면서 보이는 풍경에 흡족한 미소를 짓고 있는 그에게 부관이 다가와 보고했다.

"그래, 잘……."

막 부관의 말에 고개를 끄덕이던 쉴칸은 날카로운 감각이 느껴지는 곳으로 고개를 돌렸다.

'아니!'

분명 조금 전까지만 해도 이렇듯 강한 기운을 느끼지 못했다.

아니, 설사 있다 하더라도 자신이 그걸 놓칠 리가 없었다.

'저렇게 가까이 있는 놈들을 내가 느끼지 못했다니.'

쉴칸은 저 멀리에 서 있는 그들을 살펴보았다.

다른 때 같았으면 보자마자 바로 부하들과 함께 달려들어 격살시켰을 테지만, 그러기에는 뭔가 꺼림칙한 느낌에 바로 행동하지 못하고 적의 빈틈을 찾으려 노력했다.

하지만 그것도 잠시, 무언가 계획을 세우기도 전에 적들이 먼저 행동을 개시하였다.

한 놈이 먼저 선두에 서서 달려들기 시작했다.

아마 뛰어난 전사이리라.

쉴칸은 크게 숨을 들이마시고는 소리쳤다.

"적이 온다, 대형을 갖춰라!"

한꺼번에 달려들 거라 생각했는데, 의외로 자신들에게 달려오는 적은 단 하나였다.

그러나 그 모습이 결코 가소롭지 않았다.

아니, 점점 다가오면서 커지는 기세에 지금껏 자신들이 상대하던 적들과는 다르다는 것을 알아차렸다.

한편, 재식은 선수를 취하기 위해 달리면서 심장에 축적한 마력을 전신에 퍼뜨리며 잠재된 유전자를 깨웠다.

강력한 기가스의 심장과 오마르의 마나 하트에서 쏟아지는 마력은 인간의 육체가 가지고 있는 한계를 넘어, 재식에게 새로운 종의 힘을 선사하였다.

부우욱─

마력을 흠뻑 먹은 재식의 세포들은 그것을 양분으로 크게 자랐다.

마치 미국의 거인 슈퍼 히어로인 헐크처럼 몸이 3m에 가깝게 커졌다.

때문에 덩치가 커지면서 입고 있던 옷이 찢어져 상체가 그대로 드러났다.

다행이라면 옷이 찢어질 것을 감안해 미리 피부를 갑각으로 바꿔 남성의 심볼을 외부에 노출하는 것만큼은 막았다.

사실 이렇게 신체를 변형하는 게 숙달되지 않았다면, 낭패를 볼 수도 있었다.

다른 사람도 아니고 데이트를 나온 날, 연인 앞에서 누드쇼를 할 생각은 전혀 없었다.

"하압!"

아무리 숙달되어 노출을 하지 않았다고 하지만, 신체를 키우면서 옷이 찢어져 반라인 탓에 창피한 것도 사실이었다.

그러니 그것을 감추기 위해서라도 기합을 지르며 오크 라이더들에게 뛰어들었다.

쿵!

오크 라이더가 포진한 곳 가운데에 뛰어든 재식은 자신을 둘러싼 오크 라이더에게 무기를 휘둘렀다.

발끝을 중심으로 해서 팽이처럼 뱅글뱅글 돌았을 뿐이지만 그 효과는 아주 대단했다.

현재 재식이 들고 있는 무기는 바로 오크 전사들이 사용하는 글레이브였다.

동양에서는 언월도라 부르는 형태의 무기.

그런데 키가 3m나 되고 오거에 비견되는 근력을 가진 재식이 사용하니 아주 막강한 무기가 되었다.

쉬익!

픽! 픽! 픽!

재식이 한 바퀴 돌 때마다 팔이건 다리건 가리지 않고 잘려 나갔다.

크악!

"크르아르 첫 코르캇(강철 그물을 던져라)!"

"크륵(알겠습니다)!"

쉴칸은 놀만한 적이 갑자기 트롤만큼이나 커다랗게 자라나 자신들 속에 뛰어든 것이 당황스러웠다.

그뿐만 아니라 힘은 또 얼마나 좋은지, 오크 라이더들이 입고 있는 오거의 가죽으로 만든 레더 아머가 힘없이 잘려 나갔다.

적의 무기에 가까이에 있던 부하들은 짚단처럼 베어 넘겨져 죽거나 심각한 부상을 당했다.

그 모습을 보다 못한 쉴칸이 대형 몬스터나 아니면 강력한 적을 잡을 때 사용하는 강철 그물을 던질 걸 명령했다.

오크 라이더들이 사용하는 이 강철 그물은 두 개만 씌워도 오거를 가둘 수 있고, 네 개를 씌우면 와이번도 잡을 수 있을 정도로 튼튼했다.

그렇기에 그들은 오크의 천적이라 할 수 있는 오거나 대형 몬스터를 만나도 전혀 두려워하지 않았다.

휘악—

쉴칸의 명령대로 넓게 펼쳐진 강철 그물을 던졌고, 정확하게 재식을 향해 날아갔다.

하지만 재식은 본능으로만 행동하는 짐승이나 몬스터가 아니다.

인간은 고대로부터 철저한 약육강식 속에서 먹이사슬의 정점에 올라선 존재.

그런 인간이 몬스터와 같을 수는 없었다.

재식은 자신을 향해 던져진 그물을 보며 신속하게 사이드 스텝을 밟아 피하고서 오크 라이더에게 쇄도했다.

"죽어라!"

퍽!

오크 라이더의 목숨을 빼앗는 것은 글레이브만이 아니었다.

재식은 빠르게 움직이면서 오대 길드 헌터들이 흘린 무기를 들어 단검을 투척하듯 오크 라이더들에게 던졌다.

쉬이이익—

근처의 적을 향해 날아간 무기는 빗나가는 법이 없었고, 하나같이 놈들의 급소에 박혀 들었다.

한편, 그 모습을 뒤에서 바라보던 일행들은 한동안 재식과 오크 라이더들의 전투를 그냥 지켜볼 수밖에 없었다.

재식이 오크 라이더들에게 너무도 가까이 붙어 전투를 벌이다 보니, 최수연과 제5전대의 대원들은 적들을 공격할 수가 없었다.

뿐만 아니라 재식은 상처 하나 없이 너무도 잘 싸우고 있기에, 제5전대에서 힐러 역할을 하는 신초롱도 재식에게 회복을 걸어 줄 이유도 없어 이들은 그냥 전투를 벌이는 모습을 멍하니 지켜보기만 했다.

"와~ 전에 어스 드레이크를 상대할 때도 잘 싸운다는 건 알고 있는 사실이었지만, 지금은 뭐…….."

정미나는 재식의 새로운 전투 모습에 감탄하며 중얼거렸다.

그리고 그건 최수연이나 다른 사람들도 비슷했다.

"그러게, 그런데 언제부터 저렇게 커진 거야?"

"어떻게 저리 커진 거지, 저것도 마법인가?"

신초롱과 이하윤도 변한 재식의 모습에 고개를 갸웃거리며 의문을 표했다.

그러한 감탄사조차 내뱉지 않는 이가 있었다.

멍하니 입을 쩍 벌린 채 서 있는 김수용, 그는 재식이 적들을 상대로 펼치는 무용에 한마디의 말조차 할 수 없었다.

압도.

그것은 단 두 글자로 표현할 수 있는 그의 최대한의 표현이었다.

재식이 국가 공인 네 번째 S급 헌터라는 걸 들었다.

그리고 재식이 대한민국에 두 번째로 출현한 7등급 보스 몬스터, 어스 드레이크 레이드를 주도한 것도 들었다.

하지만 보통 사람들이 다른 사람의 이야기를 전달할 때, 과장되게 설명하려는 경향이 조금은 있듯이 이들도 그렇다는 생각이었다.

그러나 지금 그의 두 눈으로 재식의 전투 모습을 목격한 순간 정미나의 설명이 사실 그대로라는 걸 깨달았다.

또 어스 드레이크 레이드 당시에는 지금처럼 몸집을 커다랗게 변할 수도 없는 상태였다는 것도 알게 되었다.

그 차이가 어떤 변화를 가져왔는지는 알 수 없지만, 지금이 그때보다 더 강하다는 건 확실했다.

그것은 제5전대에 속한 이들의 반응만 봐도 알 수 있었다.

더욱이 자신의 연인인 권인하도 재식의 전투에 넋을 잃고 쳐다보고 있지 않은가.

대체로 담백한 성격인 권인하가 저렇듯 다른 곳에 정신을 팔리는 경우는 좀처럼 보기 힘든 일이었다.

지금처럼 언제 몬스터와 목숨을 건 전투를 벌일지 모르는 현장에서는 특히나 그러했다.

그럼에도 불구하고 지금 권인하를 비롯한 제5전대는 물론이고, 재식의 부탁으로 그녀들의 앞을 막고 있는 최수형이나 윤태형까지 자신의 본분을 잊고 재식이 벌이는 액션을 넋 놓고 지켜보고 있었다.

"흠흠!"

김수용은 다른 사람들이 너무 재식의 전투에 빠져 있는 것 같아, 일단 그들의 경각심을 높이기 위해 헛기침을 하였다.

그러자 재식의 전투에 정신을 빼앗긴 최수연이 순간, 집중이 깨지면서 현실을 깨달았다.

"뭐 해! 정신차려!"

그 말에 번쩍 정신을 차린 이들이 차례로 수연에게 감사의 말을 건넸다.

"수용 씨, 정신을 차리게 해 줘서 고마워요."

일행을 일깨운 최수연도 정신을 차리게 해준 김수용에게 감사의 말을 전했다.

"아닙니다, 확실히 재식 씨가 몬스터를 상대로 싸우는 모습을 보면 시선을 빼앗길 수밖에 없겠습니다."

김수용은 별거 아니란 듯 말하며 재식의 능력에 대한 칭찬도 했다.

연인의 칭찬을 대신 받아 그런지, 최수연은 순간 볼이 불그스름해졌다.

그러나 한편으로는 어느새 재식과 자신의 능력이 역전된 것을 깨달았다.

'언제 저렇게 강해진 것이지…….'

재식은 몇 달 전만 해도 오크도 아닌 고블린에게 붙잡혀 생체 실험을 당할 정도로 약했다.

그 뒤로 상당한 능력을 보이기는 했지만, 그래 봐야 자신들보다는 밑이었다.

실제로 헌터 등급이나 레벨이 낮기도 했다.

그뿐만 아니라 어스 드레이크 레이드 직전까지만 해도, 아니, 직후도 자신보다는 약했다.

그런데 그를 보지 못한 몇 달 사이 재식은 자신을 능가할 뿐만 아니라 딱 봐도 일반 오크를 상회하는 놈들을 상대로도 압도적인 실력을 보여 주고 있었다.

하나, 그녀는 한 가지를 잊고 있었다.

오크 라이더는 단순한 오크가 아니라, 트롤은 물론이고 6등급 몬스터인 오거도 상대할 수 있는 존재라 재식이 경고했던 걸.

그 말은 오크 라이더들은 최하 6등급 이상이라는 소리였다.

그럼에도 최수연은 기존에 갖고 있는 고정관념을 버리지 못하고 더욱 약한 적을 기준으로 하여 재식의 전투력을 평가하고 있었다.

"어!"

그러한 생각을 하다가 전투 현장에 무언가 변화가 생기는 것을 포착했다.

*   *   *

쉴칸은 자신들을 상대로 뛰어든 거인을 잡는 게 쉽지 않음을 깨닫고 작전을 변경해야 함을 느꼈다.

빠르게 주변을 둘러보다 놈이 달려온 저 뒤쪽에 일행으로 보이는 자들이 진형을 취하고 있는 게 보였다.

쉴칸은 눈을 빛내며 대기 중인 부하를 불렀다.

"아타르!"

"네!"

"네가 라이더 다섯 기를 이끌고 저기 있는 자들을 잡아라!"

그가 보기에 재식이 어떻게 하든 자신들을 저 뒤쪽에 있는 자들에게 접근하지 못하게 하려는 모습이 간간이 보였다.

그러한 모습을 수많은 전쟁 속에서 겪어 본 적이 있었다.

특히나 비어 있는 부락이나 마을을 공격할 때, 몇 없는 전사들이 종족의 아이를 지키기 위해서 그런 행동을 해

왔다.

즉, 저들은 거인에게 아이이자, 약점일 수밖에 없다는 판단이 섰다.

"네, 알겠습니다."

아타르는 사령관인 쉴칸의 명령이 떨어지기 무섭게 직속 수하인 오크 라이더 다섯 기를 차출하여 최수연과 일행이 있는 곳으로 달려갔다.

한편, 그러한 진형 변화를 눈치를 챈 재식은 자신을 압박하는 놈들을 회피하며, 최수연과 일행들이 포진한 곳으로 달려가려는 오크 라이더를 막아 보려 했다.

하지만 그러한 시도는 다른 오크 라이더들의 방해로 뜻을 이룰 수가 없었다.

"오크 라이더가 달려간다, 모두 조심해서 방어해!"

전투 중 재식은 급히 헌터 브레슬릿의 통신 기능을 활성화하여 일행에게 경고했다.

"제길, 거치적거리기는……."

재식은 운신을 방해하는 오크 라이더들의 행동이 마음에 들지 않아 거칠게 소리치며 아공간에서 글레이브를 하나 더 꺼내 왼손에 쥐었다.

지금까지는 하나의 글레이브를 마치 양손 검처럼 사용했지만, 전투를 하던 중 행동에 방해를 받자 답답한 마음에 하나를 더 꺼내 들었다.

점점 짜증이 쌓이니, 다시금 전투 중 과도하게 흥분하는 부작용이 서서히 고개를 든 것이다.

"그래, 본격적으로 해 보자."

재식은 자신을 상대로 차륜전을 하는 오크 라이더들을 보며 나지막하게 으르렁거렸다.

"스트렝스 온, 윈드 워크 온, 샤프 블레이드 온."

들고 있는 글레이브와 신고 있는 신발에 인챈트한 마법까지 활성화시킨 재식은 자신을 둘러싼 오크 라이더들을 향해 마법을 시전했다.

"어스 웨이크!"

4클래스 대지 마법인 어스 웨이크는 비살상 마법이기는 하지만 기동성이 빠른 적을 상대로 무척이나 유용한 마법이었다.

더욱이 4클래스 중 유일한 범위 지정 마법으로 넓은 범위에 타격을 입힐 수 있었다.

일명 미니 어스퀘이크 마법이라고도 불리는 어스 웨이크는 시전자를 중심으로 지름이 20m나 되는 넓은 범위를 흔드는 마법이었다.

다만, 범위 내에 있는 자들의 중심을 무너뜨리기 위해서만 사용하고 대미지는 주지 못하기에 그렇게 자주 쓰이는 마법은 아니었다.

하지만 실버 팽이라는 늑대 몬스터를 타고 빠른 기동력을 이용한 치고 빠지는 차륜전을 펼치는 놈들을 대상으로는 확실한 효과를 보였다.

쿠르릉!

재식이 어스 웨이크를 외치며 크게 발 구르기를 하자, 지표면에 푹 박힌 발바닥을 중심으로 땅이 흔들렸다.

이내 오크 라이더들의 발이 되어 주던 실버 팽이 마법 때문에 중심을 잡지 못하고 쓰러지는 바람에, 그 위에 타고 있던 그들 또한 땅에 몸을 처박고 말았다.

그걸 본 재식은 입가에 차가운 미소를 지으며 처음 오크 라이더들의 진형에 뛰어들던 것처럼 빠르게 들어가 기습을 하였다.

쉬이잉—

날카롭게 대기를 가르는 글레이브의 소음이 지나가고, 중심을 잡기 위해 노력하던 오크 라이더들이 하나둘 재식의 공격에 속수무책으로 당했다.

그리고 그 속도는 점점 더 가속화되었다.

재식의 마법으로 기동성을 잃은 오크 라이더는 더 이상 재식의 상대가 되지 못했다.

'아니, 어찌 내 부하들이 이리도 허망하게 당한단 말이냐.'

재생력이 엄청난 자이언트 트롤도, 와이번의 날개를 찢어 버릴 정도로 강력한 힘을 가진 트윈 헤드 오거들도 물리친

최강의 수하들이었다.

그런 오크 라이더의 정예병이 처음 보는 거인족 하나에 속수무책으로 죽어 가는 모습에 쉴칸은 경악을 넘어 공포를 느꼈다.

하지만 쉴칸은 아직까지도 재식의 능력이 자신의 군주인 오르칸과 비슷하다는 것을 깨닫지 못했다.

그는 지금껏 살아오면서 자신의 군주 오르칸과 비견되는 전사를 본 적이 없었다.

자이언트 트롤의 족장도, 어둠 숲의 포식자인 트윈 헤드 오거인 크롤도 전쟁군주 오르칸의 상대는 되지 못했다.

중간계 최강의 포식자인 흑룡왕의 사도 중 하나인 오마르에게 약간 밀렸을 뿐, 그 외의 존재들에게 한 번도 진 적이 없었다.

어차피 흑룡왕의 사도야 용족이니 오크족인 오르칸이 오마르에게 패한 것은 결코 흠이라 생각지 않았다.

그렇기에 쉴칸은 자신의 군주를 용족의 최상위 지배층을 제외하면 중간계 최강의 존재라 생각하고 있다.

그러니 지금 자신의 군단을 밀어붙이고 있는, 아니, 학살하고 있는 재식을 자신의 군주인 오르칸과 동급으로 두지 않고, 그저 자신보다 조금 강한 존재 정도로만 인정할 뿐이다.

크악!

쉴칸이 현실을 부정하는 순간에도 재식이 휘두르는 두 자루의 글레이브는 한 치의 자비도 없이 오크 라이더들을 학살하고 있었다.

재식은 오크 라이더들을 상대할 때, 꼭 자신의 손에 들린 글레이브만 이용하는 것이 아니었다.

널브러진 헌터들의 무기나 이전에 땅에 떨어진 쇠사슬 투망을 던져 오히려 오크 라이더들을 그물에 가두기도 했다.

크앙!

그때, 주인의 위급함을 알아차린 실버 팽이 재식의 뒤를 덮치려 하지만, 이미 전투에 몰입한 재식의 감각에는 주변 상황이 모두 감지되었다.

등 뒤로 다가오던 실버 팽의 기세를 느낀 재식은 앞에 있던 오크 라이더를 발로 걷어차고 한쪽 팔로 뒤를 덮치는 실버 팽의 대가리를 잡아 강한 아귀힘으로 머리를 박살 냈다.

퍽!

단단한 실버 팽의 머리뼈를 한 손으로 부숴 버린 모습에 바닥에 쓰러진 오크 라이더가 발버둥 치며 뒷걸음질했다.

가족과도 같던 실버 팽의 잔혹한 죽음 앞에서도 오크 라이더는 분노보단 공포가 머릿속을 헤집었다.

아무리 용맹한 오크 라이더라 하지만 자신들의 공격은 전혀 통하지 않고 오히려 피해만 늘어만 가니, 더 이상 투쟁심 보단 적에 대한 두려움이 커졌다.

자신의 부하들이 공포를 느끼는 것에 쉴칸은 마음 한 켠에서 분노가 피어올랐다.

두려움과 분노는 종이 한 장 차이.

재식에게 투쟁과 분노, 그리고 공포를 함께 느끼면서 쉴칸은 그 두려움을 떨치기 위해 마력을 쥐어짜 워 크라이를 질렀다.

크아아악—

6등급 중후반을 바라보는 쉴칸의 워 크라이는 일반적인 오크 전사와는 담긴 마력부터가 달랐다.

덕분에 공포로 몸이 굳어지던 오크 라이더들은 쉴칸의 워 크라이에 마치 버서커 주술을 받은 것마냥, 두려움을 떨치고 두 눈에 광기가 들어찼다.

크워억—

마치 쉴칸의 워 크라이에 동조하듯 하나둘 오크 라이더들이 자리에서 일어나 울부짖었다.

광분하는 오크 라이더들이 자신에 대한 두려움을 떨치고 있다는 것을 눈치챈 재식은 이를 그냥 두고 보지 않았다.

크아아악—

재식은 그들이 감히 비교할 수 없을 정도로 엄청난 마력을 소리에 담아 터뜨렸다.

"윽!"

막 쉴칸의 워 크라이로 인해 두려움을 떨친 오크 라이더들은 물론이고 광기로 물들어 가던 실버 팽의 눈빛까지.

언제 그랬냐는 듯, 마치 천적의 앞에 놓인 개구리마냥 제자리에서 몸이 굳어졌다.

휘익—

제자리에 일어난 채 몸이 굳어져 동상처럼 서 있는 오크 라이더들을 향해 재식의 글레이브가 휘둘러졌다.

그리고 날카로운 칼날이 지나간 자리에는 목 없는 오크들의 시체만이 덩그러니 놓여 있었다.

"크아아아!"

쉴칸은 자신의 수하들이 속절없이 목이 잘리는 걸 보며 너무나 억울한 나머지 눈에 눈물이 고였다.

적과의 전투 중 단 한 번도 가져 본 적 없는 감정이 그의 가슴을 채웠다.

"크아악!"

쉴칸은 답답한 마음에 연속해 괴성을 지르며 자신의 수하들의 목을 따고 있는 재식에게 달려갔다.

"더 이상 수하들의 죽음을 두고 볼 수는 없다, 이건가?"

재식은 자신을 향해 괴성을 지르며 달려드는 쉴칸을 보며 작게 중얼거렸다.

"하지만 잘못은 전적으로 너희가 한 거지. 너희가 우리의 세계에 침범한 게 잘못이야."

하던 동작을 멈추고 자신을 향해 달려오는 가장 거대한

오크 라이더를 보며 재식은 그렇게 중얼거렸다.

저들이 지구로 넘어오지 않았다면.

또 인간을 위협하지 않았다면.

자신이 그들을 잔인하게 죽이는 일 따위는 없었을 것이다.

그리고 저들도 게이트 브레이크로 여기에 나왔을 때, 주변에 있던 오대 길드의 헌터들을 잔인하게 학살을 하지 않았던가.

그런데 무엇 때문에 눈물을 흘리는 건지 재식은 이해가 되지 않았다.

아니, 이해할 생각이 없었다.

어차피 자신들이 벌인 짓에 대한 당연한 결과일 뿐.

재식은 왼손에 쥐고 있던 무기를 바닥에 던지며 오른손에 쥔 글레이브를 양손으로 잡았다.

그러고는 날에 마력을 집중했다.

우우우웅—

마치 검이 우는 것만 같았다.

재식은 글레이브를 오른쪽 어깨 상단으로 들어 올리고는 기합과 함께 왼쪽 하단으로 빠르게 사선 긋기를 하였다.

"하앗! 블레이드 스피릿!"

재식이 기합과 함께 사선 긋기를 시전하자, 글레이브의

칼날에서는 회색의 검기가 달려드는 쉴칸을 향해 날아갔다.

자신을 향해 날아드는 걸 보며 쉴칸은 왼쪽 팔뚝에 착용하고 있던 작은 크기의 라운드 실드를 들었다.

쾅!

"크윽!"

급히 라운드 실드에 마력을 담아 막았지만, 재식이 날린 검기는 쉴칸이 생각하던 이상의 마력이 깃들어 있었다.

그 때문에 단단한 와이번의 뼈와 가죽으로 만든 라운드 실드는 반으로 쪼개진 것은 물론이고, 라운드 실드를 들고 있던 왼쪽 팔에도 심각한 중상을 입었다.

하지만 재식의 공격은 그것으로 끝나지 않았다.

조금 전 허공을 가르듯 검기를 날린 것과 동시에, 몸을 한 바퀴 회전하며 그 탄력을 이용해 다시 한번 쉴칸을 향해 검기를 날렸다.

쉬우웅—

재식이 날린 두 번째 검기는 수평으로 날아갔다.

이에 막 첫 번째 검기를 막으면서 그 안에 담긴 힘을 깨달은 쉴칸은 이번에는 감히 그것을 막을 생각을 하지도 못하고 타고 있던 실버 팽에게서 몸을 날려 검기를 피했다.

하지만 불행하게도 그가 타고 있던 실버 팽은 재식이 날린 검기를 피하지 못하고, 그만 치켜들고 있던 목이 잘리고 말았다.

타다다닥!

쿵!

쉴칸이 타고 있던 실버 팽은 자신의 목이 재식이 날린 검기에 잘린 줄도 모르고, 몇 발자국 더 달리다 균형을 잃고 쓰러졌다.

쿵!

"크아아악!"

재식의 공격을 피하느라 공중에 떠 있던 쉴칸은 자신의 실버 팽이 죽는 모습을 보며 비통하게 울부짖었다.

"대시!"

그의 슬픔은 어찌 됐건 재식은 울부짖는 쉴칸을 보며 대시 마법을 걸었다.

그러자 재식의 몸은 빠르게 달려가 쉴칸의 앞에 당도했다.

그러고 나서 지체하지 않고 오른쪽 어깨를 이용한 숄더 어택을 가했다.

이윽고 재식의 어깨가 쉴칸의 가슴에 닿았다.

쿵!

재식의 공격을 받은 쉴칸은 뒤로 5m가량 뒤로 튕겨 나갔다.

재식은 쉴칸이 정신을 차리기 전에 왼쪽 아래쪽에 위치한 글레이브를 사선으로 쳐 올리며 그의 몸을 공중에 띄웠다.

그렇게 공중으로 띄워진 쉴칸이 중심을 잡기도 전에 다시한번 재식의 글레이브가 내려쳤다.

"하앗!"

스트렝스 마법과 샤프 블레이드 마법이 활성화된 칼날이공중에 떠 있는 쉴칸의 몸을 가르고 지나갔다.

그런데 재식의 공격이 한 번에 그치지 않고 연이어 지자 쉴칸의 몸통은 물론이고, 사지와 목 또한 몸에서 분리됐다.

재식이 이렇듯 잔인하게 쉴칸의 시체를 가르는 것은 고위몬스터의 경우 재생력이 뛰어나기에 어떤 변수가 작용할지모르기 때문이었다.

챠콥의 기억 속에는 주술사로부터 특별한 부적을 받은 오크가 있어 심각한 부상에도 며칠이 지나면 멀쩡한 모습으로다시 나타나는 경우도 있다고 했다.

때문에 재식은 기회가 있을 때, 확실하게 마무리하기 위해 이렇듯 잔인하게 쉴칸을 토막 내는 것이었다.

후두둑.

조각들이 떨어져 내리고 다시는 살아날 일 없는 육편으로 변했다.

　재식은 쉴칸의 죽음이 확실해지자, 더 이상 시체에 칼질을 하지 않고 남은 오크 라이더들에게로 몸을 돌렸다.

6. 전투가 끝나고

사령관 쉴칸의 명령으로 다섯 명의 오크 라이더를 데리고 적들을 포획하기 위해 달려간 아타르는 자신들을 상대로 진형을 짠 적들을 둘러보았다.

　'1선에 검과 방패를 들고 있는 것을 보니 저 무리의 가더 역할을 하는 자로군. 그리고 반보 뒤에 있는 자도 비슷한 모습을 하고 있는 것을 보니 보조 가더겠지.'

　실버 팽의 위에서도 아타르는 흔들림 없이 적을 관찰했다.

　'뒤의 암컷들은 아무래도 마법사나 주술사인 것 같고……'

적에 대한 파악이 끝난 아타르는 뒤를 따르는 수하들을 향해 소리쳤다.

"가더와 보조 가더, 그리고 그 뒤에는 주술사가 자리를 잡고 있다. 주술사의 숫자가 많으니 그것을 주의하고, 빠르게 접근해 강철 그물을 던진다."

"핫!"

아타르의 지휘를 받은 오크 라이더들은 달리는 와중에도 짧게 대답을 하고는 옆구리에 말려 있는 강철 그물을 손에 쥐었다.

타다닥, 타다닥.

오크 라이더들은 실버 팽의 옆구리를 쳐 가며 조금 더 속도를 냈다.

한편, 일행들은 오크 라이더들이 빠르게 자신들을 향해 달려오는 모습을 보며 긴장했다.

멀리 떨어져 있을 때는 인지하지 못했는데, 점점 가까워지는 오크 라이더들의 기세는 지금까지 이들이 보고 경험해 온 오크들과는 전혀 달랐다.

우선 덩치에서부터 일반 오크들과는 차이가 있었다.

그들의 크기는 오크가 아니라 거의 트롤에 가까운 덩치를 가지고 있어 보는 것만으로도 위압감이 느껴졌다.

비슷한 덩치의 트롤은 녹색 피부에 난 종기들 때문에 흉측하다는 느낌이지, 지금 보는 오크 라이더들처럼 근육질의 몸이 아니다.

그 때문에 일행들에게는 오히려 트롤보다 더 위협적으로 느껴지고 있었다.

이에 탱커 역할을 맡은 수형은 조용히 들고 있는 방패와 검에 깃든 마법의 힘을 깨웠다.

"스트렝스 온! 샤프 블레이드 온! 브레스 쉴드 온!"

무기에 깃든 마법은 물론이고, 방패에 들어 있는 방어력을 강화시켜 주는 브레스 쉴드까지 활성화했다.

"후우~"

모든 마법의 기능을 활성화한 수형은 크게 심호흡했다.

조금 뒤면 재식이 그렇게 주의를 주며 각인시킨 몬스터와 조우하게 된다.

저 멀리 재식이 오크들과 전투를 벌이는 모습을 보며 지금 자신들에게 달려오는 오크들이 결코 쉽지 않은 상대란 생각을 떨치지 못했다.

그렇게 긴장된 상태에서 가장 먼저 공격한 것은 이들 일행 중 가장 높은 헌터 레벨을 가지고 있는 최수연이었다.

이들 중 가장 경험이 많고 또 강력한 각성 능력을 가지고 있는 수연이 먼저 번개 공격을 사용했다.

"라이트닝 볼트!"

파지직—

수연의 손에서 푸른빛의 전기 덩어리가 나타나 가장 앞에 달리고 있는 아타르를 향해 날아들었다.

최수연의 공격이 시작을 알리자, 바로 뒤이어 제5전대 대원들의 속성 공격도 이어졌다.

"아이스 에로우!"

"윈드 스피어!"

"파이어 볼!"

최수연이 시전한 라이트닝 볼트가 아타르에게 닿고, 곧장 정미나의 윈드 스피어가, 다음으로 이하윤의 얼음 화살과 권인하의 불덩어리가 달려오던 오크 라이더들을 덮쳤다.

쉬이잉―

체엥!

펑!

각자 특유의 파공음을 내며 날아간 그녀들의 속성 공격은 달려들던 오크 라이더들에게 부딪혔다.

잠시 수증기와 먼지바람으로 앞이 보이지 않았다.

수연은 이대로 전투가 끝나길 바랐지만, 헛된 망상일 뿐.

놈들은 마력이 깃든 방패를 앞세우고 계속해서 달려들었다.

더욱이 그녀들은 오늘이 비번인 날이라 제대로 된 장비를 구비하고 있지 않았다.

만약 이 자리에 재식이 그녀들에게 선물한 완드를 가지고 왔더라면, 아마도 결과는 바뀌어 있을지도 몰랐다.

마력을 증폭해 주고 또 속성 공격의 위력도 두 배로 늘려 주는 완드는 그만큼 대단한 물건이었다.

'제길!'

자신들의 공격이 달려드는 적에게 별다른 타격을 주지 못했다는 것을 깨달은 최수연은 그것을 보며 미간을 찌푸렸다.

"대비해!"

1차 공격이 제대로 된 성과를 얻지 못한 상태에서 적들과 너무 가까워져 최수연은 일행에게 주의를 주었다.

한편, 유니콘 제5전대의 속성 공격을 경험한 아타르는 처음에 가지던 적에 대한 생각을 수정했다.

비록 자신들에게 큰 피해를 주지는 못했지만, 적 주술사의 딜레이 없는 속성 공격에 깜짝 놀랐다.

만약 미리 대비를 하고 있지 않았더라면, 상당한 낭패를 볼 수도 있는 일이었다.

"그물을 던져라!"

아타르는 적을 쉽게 생각하지 않고 대(對)몬스터 레이드 전술을 펼치기로 했다.

아타르가 이렇게 최수연 일행을 상대로 이러한 전술을 펼치는 것은 전적으로 제5전대 때문이었다.

속성 공격을 하는 존재들, 즉 주술사나 마법사를 상대하는 것은 상당히 까다로운 일이었다.

더욱이 여느 마법사나 주술사처럼 스펠을 외치지 않고 바로 속성 공격을 하는 적들을 상대로 방심하다가는, 아무리 유리한 상황도 순식간에 상황이 역전될 수 있었다.

아타르는 굳이 쉬운 길을 두고 험난한 길을 걸어갈 생각이 없었다.

휘리릭—

아타르와 수하들은 준비하고 있던 강철 그물을 최수연과 일행들이 포진한 곳으로 던졌다.

자신들을 향해 넓게 펴진 그물이 덮쳐오자 이를 보고 있던 최수연이 소리쳤다.

"배리어!"

왼손에 착용하고 있는 아티팩트에 담긴 배리어 마법을 이용해 그것들을 막아 냈다.

지름 5m의 반구형 방어막으로 이루어진 배리어는 아타르와 오크 라이더들이 던진 그물을 효과적으로 치웠다.

두 개 이상이 겹쳐지면 오거도 가둘 수 있을 만큼 튼튼하고 무거운 강철 그물이었지만, 7등급 보스 몬스터 어스 드레이크의 파이어 브레스도 막아 낸 마법이 바로 배리어 마법이다.

그러니 겨우 쇠로 된 그물 따위가 배리어를 뚫고 수연 일행을 어떻게 할 수는 없었다.

다다다다!

강철 그물을 던지고 수연 일행들이 있는 곳에 접근한 아타르와 오크 라이더들은 자신들의 공격이 실패로 돌아간 것에 적잖게 실망했다.

하지만 그대로 있다가는 반격을 당할 수 있기에 아타르와 오크 라이더들은 그 자리에 멈추지 않고 실버 팽을 타고 계속 이동을 했다.

물론 수연 일행들을 지나칠 때 먼저 던진 강철 그물을 회수하는 것은 잊지 않았다.

두두두두!

오크 라이더들이 자신들을 지나치자 수연은 배리어 마법을 해제하였다.

"다시 올 것이니 준비해!"

자신들을 지나치는 오크 라이더들을 보며 최수연은 빠르게 지시를 내렸다.

이에 일행들의 전면을 지키던 수형과 태형이 얼른 뒤로 돌아가 자리를 잡았다.

"이번에는 직접 공격을 하기 보단 적의 기동성을 먼저 뺏도록 한다. 그러기 위해선……."

최수연은 첫 번째 공격이 실패한 것을 거울삼아 이번에

는 계획을 달리 하기로 결정하고 일행에게 빠르게 작전을 말했다.

그러기 위해선 우선적으로 오크 라이더들이 타고 있는 늑대들, 즉 실버 팽의 발을 묶어야 했다.

그래서 실버 팽의 발을 묶기 위한 작전을 설명했다.

두두두두!

이들 일행을 지나친 오크 라이더들은 한참을 달려 제5전대의 공격을 받지 않을 정도가 되어서야 뒤로 돌았다.

그리고 자신들의 공격을 막아 낸 마법이 사라진 것을 확인하고는 빠르게 달렸다.

조금이라도 지체를 했다가는 다시 한번 마법에 의해 공격이 수포로 돌아갈 수도 있기 때문이었다.

이들이 휘두르는 강철 그물은 상당히 무거운 물건이었다.

그렇기 때문에 숙련된 오크 라이더라도 여러 번 사용하는 것이 힘들었다.

그러니 단 한 번이라도 신중하게 사용해야만 했다.

크아악!

막 최수연 일행이 있는 곳으로 달려가 강철 그물을 던지기 직전, 저 멀리 본대가 있는 곳에서 커다란 비명 소리가 들렸다.

이에 막 들이치던 아타르와 오크 라이더들은 순간 고개를 돌려 저 멀리 본대를 쳐다보았다.

자신들이 떨어져 적들을 공격하고 있는 동안, 본대에서는 무슨 일이 벌어졌는지 알 수가 없었다.

더욱이 방금 비명과도 같은 괴성을 지른 존재는 다름 아닌 자신들의 사령관의 목소리.

때문에 아타르를 비롯한 오크 라이더들은 믿을 수 없다는 듯, 불신 가득한 눈으로 저 멀리에 있는 본대를 바라봤다.

'아니, 어떻게……'

그들에게 보인 것은 이들로서는 도저히 믿기지 않는 장면이었다.

군단에서 군주 오르칸을 빼고 최고의 무력을 가진 쉴칸이 난도질을 당하고 있다니.

있을 수 없는 일이었다.

게다가 와이번들이 자신들의 먹잇감을 공중에서 떨어뜨리며 놀이를 하는 듯이.

또 놀이를 끝내고 신체 하나하나를 잘게 찢어 먹는 것처럼.

자신들의 사령관인 쉴칸의 사지가 공중에 떠 잔인하게 잘려 나가는 것이 눈에 들어왔다.

그 모습에 아타르를 비롯한 오크 라이더들은 현재 자신들이 하던 것도 잊고 멍하니 그 모습을 지켜보았다.

너무도 믿기지 않는 장면을 보면 사람들도 바보처럼 상황을 잊고 그 자리에 굳어져 버리지 않는가.

아타르를 비롯한 오크 라이더들이 지금 바로 그러한 상황이었다.

그들은 조금 전까지 자신들이 전투를 벌이고 있다는 것도 잊고서 저 멀리 본대가 유린당하는 모습을 멍하니 지켜보았다.

그리고 그건 이들에게 치명적인 약점으로 작용했다.

아무리 강력한 무력을 가진 존재라 하지만 방심한 상태에서 기습을 당한다면 속수무책일 수밖에 없었다.

한편, 막 오크 라이더들이 달려오는 모습을 확인한 최수연과 일행은 실버 팽들을 묶기 위해 속성 공격을 변형해 사용하려고 했다.

그런데 무슨 일인지 달려오던 적이 제자리에 멈춰 서서 자신들의 뒤, 저 멀리 있는 본대 쪽을 바라만 보기 시작했다.

"하압!"

누가 뭐라고 하기 도 전에 수형이 짧은 기합을 지르고 멈춰 있는 오크 라이더를 향해 달려갔다.

"블리츠!"

수형은 빠르게 선두에 서 있는 아타르에게 접근해 자신의 속성 능력인 번개 능력이 담긴 검을 찔러 넣었다.

쉽사리 막아 내기 힘든 공격이었지만, 그는 갑작스러운

기습 공격에도 본능적으로 왼팔에 있는 라운드 실드를 들어 공격을 막으려 했다.

만약 보통 공격이라면 손쉽게 막았을 테지만, 수형의 공격은 그런 단순한 공격이 아니었다.

바로 번개 속성이 가미된 공격.

때문에 당황해서 방패에 마력을 충분히 불어넣지 못한 아타르의 방어는 물리적인 충격은 막아 낼 수 있었지만, 검과 방패가 부딪히면서 번개 속성은 그대로 아타르에게 전달되었다.

아무리 6등급 몬스터의 능력을 가진 아타르라 하지만 수형이 시전한 번개 공격은 내부를 진탕시키기에 충분했다.

파지지직—

수형은 자신의 공격이 통한다는 것을 알아차리고 연속해서 아타르를 공격했다.

휘익!

수형이 쥐고 있는 검은 날카로운 소리를 내며 아타르의 오른손으로 날아갔다.

그걸 본 아타르는 급히 들고 있던 강철 그물을 놓았다.

"크악!"

그러나 조금 늦은 탓에 오른손에 깊은 상처가 생겼다.

만약 아타르가 그물을 들고 있던 손을 빠르게 놓지 않

앗더라면, 아마 상처로 끝나지 않고 손목이 잘렸을지도 모른다.

하지만 수많은 전투를 통해 임기응변이 능숙한 아타르는 손을 잃는 것보다는 그물을 버리고 부상을 당하는 것이 낫다는 판단을 했다.

다만, 순간적으로 무기를 잃었기에 수형을 공격할 수단을 잃어버렸다.

그렇지만 오크 라이더 군단의 부관이 허투루 된 것을 알려 주기라도 하는 듯 왼손에 들고 있던 방패를 휘둘러 수형을 공격했다.

텅!

조금 전, 번개 공격으로 인해 아직 근육이 굳어진 것이 풀리지 않아 제대로 된 힘을 실지 못해 수형의 방어에 막혔다.

"태형이랑 정태, 뛰어! 수용 씨, 두 사람을 보조해 주세요."

한편, 수형이 자신의 지시를 무시하고 적을 향해 뛰어나가 처음엔 당황했다. 하지만 의외로 동생이 선두에 선 오크를 상대로 잘 싸우자 앞에 있는 일행에게 소리쳤다.

변한 상황에 자신들도 더 이상 방어적으로 행동하지 않고 오크 라이더들을 상대로 적극적으로 전투를 벌이는 것이 낫다는 판단이었다.

지시가 떨어지고 보조 탱커와 근접 격수의 위치에 있던 태형과 정태는 지시가 떨어지기 무섭게 빠르게 뛰어가 아타르의 뒤에서 막 움직임을 보이는 오크 라이더들에게 붙었다.

그리고 김수용 또한 그녀의 지시에 별다른 반발 없이 따랐다.

그는 방패를 들고 있는 윤태형 보다는 자신처럼 글레이브만을 들고 있는 정태 쪽이 불안해 보였다.

방패와 글레이브 둘 다 마법이 걸려 있는 아이템이지만, 방어에 치중 된 버프가 많은 태형은 조금이라도 더 잘 버틸 수 있을 테다.

수용은 빠르게 머리를 굴리고서 정태에게 다가가 자리를 잡았다.

한편, 속성 공격을 하고 멈춰 대비를 하고 있던 제5전대의 대원들은 바뀐 상황에 신중하게 다음을 기다렸다.

"초롱아."

"네!"

"넌 수용 씨나 정태 등이 부상을 당하면 바로바로 치료해 줘!"

"네, 알겠어요."

신초롱은 최수연의 지시에 고개를 끄덕였다.

그리고 최수연은 신초롱의 대답을 듣기도 전에 또 다른

지시를 제5전대에게 전달했다.

"하윤이는 조금 전 말한 것처럼 발을 묶고, 인하는 하윤이와 함께 늑대들이 활개 치지 못하게 막아!"

"알았어요."

"알았어!"

"언니, 그럼 나는?"

언니들에게는 지시를 내리면서 자신에게는 어떠한 말도 하지 않자 정미나가 물었다.

"넌 저기 태형이를 보조해서 빠르게 오크를 처리해."

"응! 알았어, 언니."

수연은 모든 지시를 내리고 동생 수형의 뒤로 빠르게 달려갔다.

그리고 그와 동시에 다른 제5전대 대원들도 걸음을 바삐 옮겼다.

비록 이들이 원거리 공격에 탁월한 속성 능력자라 하지만, 일행이 오크 라이더들과 뒤엉켜서 전투를 벌이고 있는 탓에 먼 곳에서 보조를 맞추는 것은 쉽지 않았다.

그러니 최대한 일행이 전투를 벌이는 곳에 다가가야만 했다.

그리고 이들이 이렇게 할 수 있는 것은 전적으로 재식이 선물한 아티팩트를 믿기 때문이었다.

이윽고 전투가 끝났다.

오크 라이더는 확실히 강했다.

만약 처음부터 기습을 하지 않고 그들이 방심을 하지 않았더라면, 생각보다 힘든 전투가 벌어질 뻔 했다.

하지만 달려드는 적이 하나라는 것 때문에 방심한 그들은 그 대가를 치렀다.

더욱이 뒤에 남은 일행들을 공격하기 위해 인원을 나눈 것부터가 오크 라이더들을 지휘하던 쉴칸의 실책이었다.

처음 기습으로 오크 라이더의 숫자를 줄인 것도 크게 작용했고, 또 오크 라이더 일부가 빠져나간 것도 재식에게는 무척이나 유리한 상황을 만들었다.

재식은 이런 것들을 잊지 않고 복기를 하였다.

아무리 강력한 집단이라도 지도자의 잘못된 판단에 전멸할 수 있으니, 나중에 헌터 길들을 만들 때 꼭 참고해야 할 사항이었다.

아무리 개인이 강한 무력을 가진다 하더라도 집단에게는 어쩔 수 없다.

물론 예외가 있기는 하지만 그 정도로 절대자가 되는 것 또한 결코 쉽지 않은 일이었다.

더욱이 재식의 적이라 할 수 있는 존재는 한 나라의 지지를 받고 점점 더 거대해지고 있었다.

어느 정도 업그레이드 된 신체 능력에 적응을 한 뒤에 확실하게 헌터 길드를 만들어야만, 그들의 초반 견제를 버틸 수 있었다.

'나쁘지 않아!'

자신이 만든 결과를 둘러보는 재식의 머릿속에 그런 생각이 들었다.

이번에도 전투 중 조금 과도하게 몰입을 하기는 했지만, 점점 좋아지고 있는 건 확실했다.

"재식아, 괜찮아?"

언제 다가온 건지 수연이 곁으로 다가와 안부를 물었다.

"응, 누나는 좀 어때, 할 만했어?"

재식은 수연의 질문에 괜찮다는 대답을 해 주고는 그녀에게 오크 라이더들과의 전투는 어땠는지 물었다.

그런 재식의 질문에 최수연은 잠시 조금 전에 싸운 오크 라이더들과의 전투를 떠올렸다.

수적 우위는 물론이고, 포지션의 조합도 좋았다.

특히나 재식이 빌려준 아이템으로 무장한 수형이나 태형 등의 활약이 두드러졌다.

오크 라이더들은 하나하나가 상대하기 힘든 전투력을 가진 존재들이었다.

그러나 역시나 조합을 이룬 헌터들의 무력 앞에서, 개개인의 전투력은 압도적인 무력 차이가 있지 않는 한 사실상 무용지물이었다.

더욱이 위급할 때는 만능키나 마찬가지인 아티팩트로 인해 위기를 쉽게 넘겼다.

그러다 보니 자신과 비슷한 몬스터 여섯을 상대로 심각한 위험 없이 너무나도 잘 싸울 수 있었다.

이런 생각을 하다가 수연은 자신들이 수적 우위를 가지고 있지 않았다는 것을 뒤늦게 깨달았다.

'뭐야! 그러고 보니 우리가 더 숫자가 많은 게 아니었어?'

생각해 보면 참으로 아찔한 상황이 아닐 수 없었다.

그나마 다행인 건 상황이 자신들에게 유리하게 진행이 되어 큰 부상 없이 여섯 마리의 오크 라이더와 그들이 타고 있던 늑대 몬스터까지 손쉽게 처리할 수 있었다는 것이다.

"응, 나도 할 만했어. 물론 네가 준 아티팩트 덕을 크게 봤지만."

수연은 재식을 보며 방긋 미소를 지어 보였다.

그녀로서는 오랜만에 비슷한 전투력을 가진, 아니, 어쩌면 자신보다 더 강력한 능력을 가진 몬스터들과 전투를 벌인 것에 무언가 짜릿한 느낌과 개운함을 느꼈다.

아름다운 외모와는 별개로 그녀는 한국의 상위 헌터고 그러한 본질은 어디가지 않았기에 전투 욕심은 그대로였다.

"그런데 마지막에 왜 근접 전투를 벌인 거야?"

재식은 전투를 벌이면서도 최수연이 포함된 일행들의 지켜보았다.

정확히는 오크 라이더들의 리더인 쉴칸을 죽인 뒤로는 학살에 가깝기에 가능한 일이었다.

그렇게 일행을 보다가 재식은 깜짝 놀랐다.

정상적으로 오크 라이더들을 상대하던 중 갑자기 개인플레이를 하는 최수형과 이후, 제5전대가 오크 라이더들을 상대로 근접전을 펼치는 모습 때문이었다.

그녀들의 전투 방식은 근접전에 효과적이지 않았다.

물론 속성 능력을 각성한 헌터라도 근접전을 할 수는 있다.

그렇지만 그건 어디까지나 근접 전투를 벌이는 방법을 익힌 헌터들에 한해서 그런 것이지, 전적으로 원거리에서 속성 능력을 가지고 전투를 벌이는 최수연이나 제5전대 대원들에게 맞는 전투 방식은 아니었다.

그럼에도 무슨 이유에서인지 최수연은 제5전대 대원들에게 근전 전투를 지시하였고, 그녀들 또한 그런 최수연의 지시에 아무런 불만 없이 따랐다.

이는 오크 라이더들이 최수형이나 다른 사람들에게 집중

하고 있는 상황이 아니라면, 큰 위기를 맞을 수도 있는 일이었다.

하지만 최수연이 그런 지시를 한 것에는 이유가 있었다.

"아, 그거. 오크들이 자신들의 대장을 죽는 것을 보고는 멍하니 서서 지켜보더라고, 우리는 신경도 쓰지 않고서 말이야."

재식은 최수연의 대답에 더 설명을 듣지 않더라도 상황을 알 수 있을 것 같았다.

강력하고 규율이 엄격한 집단일수록 그 우두머리가 죽게 되면 구심점이 사라져 한순간 공황 상태에 빠질 수 있었다.

아마도 자신의 손에 학살당한 오크 라이더들도 규율이 엄격하고 또 우두머리의 무력과 카리스마가 대단할 것이 분명했다.

그런데 자신들의 대장이 적에게 속수무책으로 당해 버리니, 그들의 충격은 엄청날 것이었다.

그런 상태라면 충분히 그런 공격이 통했을 것이다.

"그런데 이번 돌발 게이트는 어떤 타입일까?"

재식은 문득 궁금해졌다.

원칙대로라면 이곳 돌발 게이트의 경우엔 우선 개발권이 토지의 주인인 너구리 월드에 있었다.

그렇지만 우선권이 있는 너구리 월드 측에서 게이트 브레이크에 대비해 준비한 헌터들이 브레이크 초기에 전멸을 하고 말았다.

그로 인해 너구리 월드가 가지고 있는 우선 개발권은 효력을 상실하게 되었다.

우선 개발권을 갖는다는 것은 게이트 브레이크 때, 그 안에서 쏟아지는 몬스터도 모두 처리를 하겠다는 것과 같은 의미이기 때문이었다.

즉, 권리가 있는 곳에 의무도 있다는 것이다.

그런데 너구리 월드 측에서는 이러한 의무를 제대로 수행하지 못했다.

그 때문에 너구리 월드에서 제대로 의무를 수행하는지 감독을 하기 위해 파견된 헌터 협회 직원인, 팀 유니콘 제5전대가 나서서 문제를 해결했다.

그렇기 때문에 이제 권리는 팀 유니콘 제5전대, 그리고 이들과 함께 몬스터를 퇴치한 재식, 그리고 수형 등에게 권리가 이양되었다.

물론 너구리 월드 측에서는 이를 순순히 인정하지는 않을 것이다.

그들 입장에서는 헌터들이 무려 50여 명이나 희생되었다.

이들의 유가족들에게 피해 보상금을 주기 위해서라도 어

떻게든 권리의 일부라도 얻기 위해 필사적으로 나설 것이 분명했다.

하지만 엄연히 게이트 관리법에 의거해 헌터 협회에서는 절대로 너구리 월드의 주장을 받아들이지 않을 것이었다.

"그런데 좀 늦네?"

최수연은 돌발 게이트 보고가 진즉 들어갔는데, 아직도 협회에서 아무도 나오지 않은 것에 인상을 찡그렸다.

아니, 오대 길드의 헌터들이 제대로 준비도 하지 않고 방만하게 있을 때, 협회로 헌터를 보내 달라고 지원 요청까지 한 상태였다.

그런데 전투가 모두 끝난 지금까지 코빼기도 비치지 않는 헌터 협회 직원의 모습에 열이 받기 시작했다.

"뭐, 문제가 생겼나 보죠."

재식은 그런 그녀의 모습에 차분히 말하며 달래 보았다.

수연도 그의 말에 마음을 가라앉히기 위해 노력했다.

하지만 첫 데이트를 하는 날 돌발 게이트로 인해 현장에 온 것도 짜증 나는데, 협회에서 자신의 요청을 제대로 접수하지 않은 것 같아 화나는 건 어쩔 수 없었다.

"문제는 무슨……."

최수연이 말을 하는 순간 저 멀리서 검은 양복을 입은 사내가 헐레벌떡 뛰어오는 것이 보였다.

"저기 누가 오네요."

재식은 얼른 최수연의 입을 막으며 달려오는 사내를 가리켰다.

"음……."

자신을 향해 달려오는 사람의 실루엣에 그녀는 하던 말을 멈추고 작게 신음을 흘렸다.

저 멀리서 다가오는 사람은 헌터 협회의 사무장인 최무식이었다.

보통 이런 곳은 협회에 소속된 헌터가 오는 것이 맞는데, 일반인인 최무식이 이곳에 온 것에 의아한 일이었다.

"최 사무장님께서 여긴 어쩐 일이세요?"

최수연은 막 도착해 숨을 고르는 최무식을 향해 물었다.

"헉헉, 여긴 다행히 무사한 모양입니다."

최수연과 제5전대원들이 아무런 피해 없이 걸 살핀 최무식이 말을 했다.

"저희야 무사하지만… 오대 길드 측은……."

"네? 아니, 그리고 보니 오대 길드에서 파견한 헌터들은 어디 있습니까? 설마 협회 허가도 받지 않고 게이트로 들어간 것입니까?"

지금쯤 한참 게이트 주변에서 현장을 정리하고 있어야 할 오대 길드 헌터들이 보이지 않자, 최무식은 화가 난 목소리로 물었다.

기본적인 규칙조차 지키지 않는 오대 길드에 향한 불만이 표출된 것이었다.

"아니, 그러니까 저희들은 무사하지만, 오대 길드에서 파견된 헌터들은 게이트 브레이크 직후 몬스터들에게 전멸했어요."

최수연은 오대 길드에서 파견된 헌터들이 어떻게 된 것인지 설명을 해 주었다.

그런 최수연의 설명을 들은 최무식은 깜짝 놀랐다.

돌발 게이트면 못해도 공대 두 개는 파견될 것인데 전멸을 했다니.

이는 헌터 길드의 입장에서 전력이 대폭 감소했다는 소리나 마찬가지다.

보통 헌터 길드라 불리는 곳의 규모는 가장 작은 규모가 몬스터 레이드 기준으로 두 개 공대 즉 80명 정도다.

그런데 오대 그룹 산하 오대 길드는 그보다는 큰 세 개의 공대와 결원이 생길 때를 대비해 20명 정도의 예비대를 운영한다.

즉, 길드에 속한 헌터의 숫자가 대략 140명 정도라는 소리였다.

그런데 이 중 절반이 넘는 80명의 전멸이라면 길드로서는 아주 심각한 타격이 아닐 수 없었다.

"그 많은 인원이 아무런 힘도 써보지 못하고 전멸을 했다는 겁니까? 그런데 죽은 사람들의 숫자가 그렇게까지 많아 보이지는 않는데…….”

최무식은 말을 하다가 몬스터 시체 사이에 보이는 헌터들의 시신 숫자가 생각보다 많지 않다는 것을 깨달았다.

그 탓에 무언가 이상한 걸 알아차리고 최수연을 돌아보았다.

“네, 사무장님이 예상하는 것이 맞아요.”

최무식의 마음을 읽은 최수연이 고개를 끄덕였다.

“아니, 그럼 오대 길드에서 헌터 협회가 규정한 헌터 동원령을 무시하고 적은 숫자의 헌터들만 파견을 했고, 그로 인해 몬스터에게 전멸을 당했다는…….”

“네, 맞아요.”

“허, 어처구니가 없군요.”

정말이지 기가 막히고 코가 막힐 일이었다.

협회 규칙이 왜 있겠는가.

일반 시민의 피해를 줄이기 위함도 있지만, 그만큼 헌터의 목숨도 소중하기에 세워진 규칙이었다.

그런데 그걸 이리도 무참히 어기고 개죽음을 당해 버리다니.

어떻게 된 것이 헌터 길드들은 조금 잠잠한가 하면 엉뚱한 곳에서 헌터 협회의 방침을 어기고 불법을 자행했다.

몇 달 전, 불법으로 몇몇 길드가 계획적으로 몬스터 웨이브를 이용해 아직 활성화되지 않은 차원 게이트를 강제로 브레이크 상태로 만들었다가 하마터면 재앙을 맞이할 뻔한 사건도 있었다.

당시에는 다행히도 정상적이지 않은 상태로 게이트를 오픈한 것이다 보니, 그 안에서 나온 몬스터 또한 정상적이지 못했다.

덕분에 적은 희생으로 재앙을 막아 낼 수 있었다 하지만, 그조차도 무의미한 군인들과 헌터들의 죽음이었다.

그런데 또다시 이런 일이 벌어지니, 그로서는 화가 나지 않을 수가 없었다.

"내 이것들을……."

"일단 화를 가라앉히고 이것만은 확실하게 처리해 주세요."

"뭡니까?"

"이번 돌발 게이트 처리는 전적으로 저희 팀 유니콘 제5전대와 여기 정재식 헌터, 그리고 저기 레볼루션 클랜의 세 사람, 또 해밀 길드의 김수용 헌터 이렇게 열 명이 처리했습니다."

최수연은 굳이 공을 독식할 생각이 없었다.

만약 재식이나 다른 사람들이 없고 제5전대만으로 이번 사태를 막아 냈다면 게이트의 모든 권리가 헌터 협회로 갈 것이지만, 이번 돌발 게이트는 전적으로 재식과 다른 사람들의 도움으로 막을 수 있었다.

만약 제5전대만이라면 그녀들도 오대 길드의 헌터들처럼 몬스터들에게 희생이 되었을 것이다.

그러니 최수연은 이번 일에 대해 정확한 분배를 하려 최무식에게 이야기했다.

"아! 그러고 보니 정재식 헌터님도 함께 있으셨군요."

비록 재식이 한참이나 어리지만 최무식은 이미 재식의 능력을 보았었기에 그를 함부로 대하지 않고 조심스럽게 이야기했다.

한편, 재식은 옆에서 두 사람의 대화를 듣던 중 최수연이 이번 일에 대해 자신과 친구들을 언급하자 미소를 지었다.

굳이 그렇지 않아도 되건만, 무엇 때문에 자신들을 언급한 것인지 짐작할 수 있기에 조용히 듣기만 했다.

그러다 최무식이 그제야 자신을 발견하고 인사를 하자 재식도 그러려니 하며 인사를 했다.

"네, 안녕하십니까?"

마주 인사하긴 하지만 이익이 놓인 자리인 것을 알기에 평소와 다르게 무표정으로 최무식과 대화를 했다.

"이번 몬스터 사냥도 사냥에 대한 기여도에 따라 분배하는 것이겠죠?"

몬스터 웨이브 때를 기억한 재식은 그것을 언급하며 물었다.

"아, 네! 게이트 브레이크에 대한 보상 방법은 몬스터 웨이브와 똑같이 적용을 하고 있으니 걱정하지 않으셔도 됩니다."

"알겠습니다, 그럼 전 그렇게 알고 있겠습니다."

오크 라이더 중 재식이 잡은 숫자는 군단 사령관인 쉴칸을 비롯한 24마리였다.

그 말은 재식의 돌발 게이트 처리 기여도가 80%라는 소리.

그리고 나머지 20%가 제5전대와 다른 이들의 몫이었다.

돌발 게이트에서 나올 수익의 80%를 재식이 가져가면 되었다.

사실 최수연이 원하는 것이 바로 이것이었다.

어찌되었든 이제는 재식과 연인이었다.

공정한 한도에서 하나라도 더 챙겨 주고 싶은 것은 당연한 일이기에 최수연은 얼른 나서서 미리 선수를 친 것이다.

그리고 그런 것에 다른 사람들이 태클을 걸 일은 없을 것을 잘 알기에 최무식을 상대로 표정 변화 없이 이야기한 것이기도 했다.

"와, 대박!"

"그러게 재식이 또 대박쳤네."

정미나는 이번 일을 끝내고 재식이 받을 보상을 생각하니, 그냥 대박이란 말밖에 나오지 않았다.

그리고 이하윤 또한 옆에서 비슷한 말을 했다.

"오빠, 이렇게 대박도 쳤는데, 우리 정태 씨 아티팩트 하나 만들어 주면 안 돼?"

기회는 이때다 생각한 정미나가 애인인 정태의 무기나 방어구 중 하나 만들어 달라는 청탁을 했다.

미안하기도 하는 한편, 자신의 애인이 조금이라도 위험에서 벗어나기 위해서는 재식의 아티팩트가 필요하기도 했다.

"재식아, 우리 태형 씨 것도 좀."

"우리 수형 씨도 부탁할게, 친구 좋다는 게 뭐야. 하하하."

정미나에 이어 이하윤과 신초롱 또한 재식에게 아티팩트 제작 청탁을 하였고, 조용히 이를 지켜보던 권인하도 슬쩍 김수용의 것도 부탁을 했다.

모두 밝게 얘기는 하고 있으나, 어딘가 불편하고 미안한 표정이었다.

재식은 그들의 모습에 피식 웃음이 세어 나왔다.

저들은 부탁을 하면서도 미안해하고 고마워했다.

그것으로 충분하다는 생각이 들었다.

사실은 이미 그러려고 마음먹은 상태였는데, 이들이 부담스러워할까 봐 말을 먼저 하지 못했다.

그렇기에 재식은 기회가 생기자 기분 좋게 부탁을 수락했다.

7. 고민

너구리 월드에서 발생한 돌발 게이트의 후속 처리는 헌터 협회 사무장인 최무식에 의해 원활하게 진행되었다.

　　돌발 게이트에서 가장 많은 기여를 한 재식이 80%의 기여로 가장 많은 보상이 주어졌으며, 팀 유니콘 제5전대가 남은 20% 중 절반인 10%을 가져갔다.

　　그리고 윤태형, 최수형, 김정태가 남은 10%에서 7.5%를, 권인하의 애인인 김수용이 남은 2.5%를 가져가게 되었다.

　　그런데 여기서 네 사람의 경우 이득은 이것만이 아니었다.

개인당 2.5%의 수익을 얻은 것이 적게 보이지만 게이트 홀 내부를 살펴본 헌터 협회 조사관의 보고에 따르면, 게이트 밖에서 잡은 오크와 실버 팽 60마리 말고도 게이트 홀 내부에 엄청난 숫자의 몬스터 사체가 발견되었다고 한다.

다만, 게이트 홀 내부는 던전 같은 그런 곳이 아니라, 무슨 원형 경기장 같은 구조만 그냥 덩그러니 세워져 있었다.

때문에 몬스터의 사체 이외에는 별다른 부가 수익을 얻을 수는 없었지만, 몬스터의 시체가 하나같이 모두 5등급 이상의 것이란 게 전해지면서 사람들을 깜짝 놀라게 만들었다.

몬스터의 사체만 해도 수천 구였다.

한 구당 1억만 잡아도 수천억 원이라는 소리였다.

물론 희귀 금속이 매장되거나 아니면 아티팩트가 발견되는 던전이라면 어쩌면 더욱 많은 수익을 올릴 수도 있었지만, 아직 지지 기반이 없는 재식이나 윤태형 등에게는 개발에 자본이 많이 들어가는 던전보다는 차라리 이렇게 몬스터 사체가 많이 발견되는 것이 더욱 좋은 일이었다.

더욱이 굳이 몬스터를 잡을 필요도 없이 모두 죽어 있으니 이 얼마나 좋은 일인가.

이것이 바로 일석이조이고, 어부지리인 것이었다.

딸랑 몬스터 60마리만 잡고 부수입으로 수천 마리의 몬스터 사체를 얻었으니, 돌발 게이트를 막기 위해 선의로 나선 것이 막대한 이득으로 돌아왔다.

최수형과 윤태형, 그리고 정태와 김수용은 각자 클랜과 길드의 이름을 사람들에게 각인시킬 수 있으니, 몬스터의 사체 이상으로 이득을 보았다고 할 수 있었다.

재식이야 개인이고 또 이전에 S급 헌터로, 7등급 보스 몬스터인 어스 드레이크 레이드로 이름을 날리고 있기에 이번 일은 그의 개인적인 네임 밸류를 높인 것에 지나지 않았지만 다른 사람들은 입장이 달랐다.

단체에 소속이 되어 있는 이들은 개인적인 명성뿐만 아니라 소속된 단체의 명성까지 함께 사람들에게 각인시킬 기회였다.

하지만 마냥 좋은 이야기만 나온 것은 아니었다.

돌발 게이트 사태가 마무리되고 재식과 다른 사람들이 막대한 이득을 보게 되었다는 사실이 알려지면서 돌발 게이트가 자리했던 너구리 월드 측에서 이의를 제기했기 때문이다.

대기업인 오대 그룹 산하 계열사인 너구리 월드는 또 다른 계열사인 오대 길드의 헌터들이 희생된 것을 들어 재식과 일행들이 게이트의 모든 이득을 가져가는 것에 불만을 표했다.

그렇지만 오대 길드에서 파견 나온 헌터들의 죽음은 본인들이 제대로 된 대응을 하지 못해 발생한 것이었다.

또 그들은 헌터 협회가 규정하는 규정을 무시하고, 돌발게이트 발생할 시 파견해야 할 헌터의 숫자도 임의로 줄인것이 밝혀지면서 그들의 주장은 부결되었다.

그렇게 돌발 게이트를 둘러싸고 잡음이 일기는 했지만, 헌터 협회는 단호하게 재식의 편을 들어주었다.

* * *

"굳이 이런 것까지 챙길 필요가 있어?"

최수연은 재식이 오크 라이더들이 사용하던 무구와 장구류를 챙기는 것에 고개를 갸웃거렸다.

"비록 몬스터들이 사용하던 것이지만, 조금만 손보면 헌터들도 충분히 사용할 수 있어서 가져온 거야."

오크가 비록 몬스터라 불리지만, 그들의 형태나 덩치를 보면 인간보다 조금 덩치가 좋을 뿐이었다.

인간 중에서도 근육이 발달하고, 키가 큰 사람은 오크와 비슷한 체구였다.

거기에 육체 능력 각성이나 유전자 시술을 통해 헌터가되는 사람들이 많아지면서 솔직히 지금은 인간도 몬스터 못지않은 덩치와 힘을 가지고 있었다.

그러니 오거라던가 아니면 기가스 등 인간보다 월등한 신체적 차이가 나는 것이 아니라면, 헌터들도 충분히 몬스터가 사용하는 무기나 방어구들을 사용할 수 있었다.

그래서 재식은 오크 라이더들이 사용하던 장구류를 그냥 처리 업체에 맡기지 않고 따로 챙긴 것이었다.

더욱이 재식은 그것을 어떻게 개조해야 헌터들이 잘 사용할 수 있는지 알고 있으며, 또 그것을 자신이 생각한 대로 개조해 줄 수 있는 기술을 가진 대장장이를 알고 있었다.

그러니 굳이 싼값에 업자에게 넘기느니 이렇게 따로 수거를 하는 편이 더욱 큰 이득이었다.

"그래. 그런데 너 정말로 수용 씨와 애들에게 아티팩트를 만들어 줄 거야?"

수연은 고개를 끄덕이고는 금새 말을 바꿔 조심히 아티팩트에 대해 물었다.

그것이 자발적인지, 아니면 정미나와 자신들이 억지로 부탁하는 바람에 억지로 들어준 것인지 걱정이 되어 물어본 것이었다.

당시야 분위기에 휩쓸려 아티팩트를 만들어 주겠다는 재식에게 고마움을 느꼈지만, 흥분이 가신 뒤 생각해 보니 이건 아니란 생각이 들었다.

그래서 이렇게 만난 김에 다시 한번 얘기를 꺼냈다.

"부탁하는 사람이나 사용할 사람이 남도 아니고, 원래 한 개 정도는 선물로 주려 했어. 그리고 가장 큰 이유는 그 정도 개수는 나한테 힘든 것도 아니라는 거지. 어때, 애인 능력 좋지?"

재식은 수연의 질문에 별것 아니란 듯 웃으며 장난스럽게 말했다.

"그래도 네가 만든 아티팩트는 그냥 단순한 것이 아니라던데⋯⋯."

최수연도 재식이 만든 아티팩트가 던전에서 발견되는 것보다 효율이 더 좋다는 걸 알아냈다.

게다가 알아본 바로는 가격도 엄청났기에, 재식이 괜찮다고 말을 해도 바로 수긍하기에는 너무도 미안했다.

"물론 경매로 판다면 그렇겠지만, 만드는 원가는 그리 많이 들어가지 않으니까 괜찮아."

자신을 보며 미안해하는 최수연의 얼굴을 보며 재식은 다시 한번 괜찮다며 그녀의 걱정을 덜어 주었다.

"그래, 네가 괜찮다니 더 이상 그건 언급하지 않을게, 고마워."

최수연은 거듭된 재식의 괜찮다는 말에 수긍하기로 했다.

한 가지 더 재식에게 묻고 싶은 게 있었지만, 이걸 말해도 될지 확신이 서지 않아 조심스러웠다.

바로 오크 라이더들에게 돌진하던 재식이 갑자기 덩치가 커진 것에 대한 궁금증.

이전 7등급 보스 몬스터인 어스 드레이크를 레이드 할 때까지만 해도 재식은 그런 능력을 사용하지 않았다.

그런데 몇 달이 지나고 갑자기 없던 이능이 생겼다.

그녀가 알기에 재식은 각성자가 아니었다.

몬스터의 유전자를 시술받은 헌터지 각성 헌터가 아닌데, 그와 비슷한 능력을 보인 것이다.

그것도 육체 능력 각성자 중 아주 극소수만 가지고 있는 거대화 능력은 상위에 속하는 이들만 가지고 있었다.

그런데 재식은 그런 각성자가 아님에도 변화를 가지는 것이 신경 쓰였다.

혹시나 신체에 무슨 이상이 있는 것은 아닌가, 하는 생각마저 들었다.

이제 겨우 서로의 마음을 확인하고 연인이 되었는데, 재식의 몸에 이상이 있으면 어떡하냐는 걱정이 앞섰다.

그날 잠깐 얘기를 듣긴 했지만, 이렇게 시간이 났을 때 더 자세하게 듣고 싶었다.

그러나 고백을 받을 때도 재식이 말한 것처럼 자신의 특별한 능력에 콤플렉스를 갖고 있기에 조심스러운 것이었다.

수연이 입을 움찔거리기만 할 뿐 무언가 말을 하지 않자, 의아한 재식이 먼저 나서 물었다.

"무슨 할 말 있어?"

그렇게 먼저 운을 띄움에도 쉽사리 말하지 못하자, 재식이 다시 한번 재촉하고서야 수연이 입을 열었다.

"저번에 전투에서 보여 준 거대화 말이야. 그거 어떻게 된 거야? 몸에 무슨 문제가 생기거나 그런 건 아니야? 그러면 꼭 말해 줘야 해."

"그게……."

재식은 순간 그녀에게 어디까지 얘기해야 할지 갈피를 잡을 수가 없었다.

심장을 몬스터의 것으로 이식한 것도 이야기를 해야 하나 하는 생각에 망설여졌다.

그런 이야기까지 들으면 자신을 사람이 아닌 괴물로 보는 것은 아닌가 하는 걱정이 들었다.

물론 수연이 요즘 각성 헌터의 상황을 꺼내며 일반인들이 보이게 다 거기서 거기라는 말로 넘어가기는 했다.

그러나 순수한 인간이 각성을 통해 헌터가 된 것은 괴물로 보이는 것일 뿐.

반면 몬스터의 유전자를 몸에 주입 받은 데다가 각종 생체 실험에, 이제는 심장 이식까지.

자신은 괴물로 보이는 게 아닌, 진짜 괴물과 다름없다 생각하기에 드는 자격지심이었다.

그렇게 한참을 망설이는 재식의 모습에 최수연은 조용히 그가 자신에게 진실을 이야기해 줄 것을 기다렸다.

최수연이 재촉하지 않고 가만히 있자, 재식도 어느 정도 머릿속이 정리가 됐다.

"전에도 말했지만, 난 몬스터의 유전자를 몸에 받아들이며 보다 진화하고 있어."

머릿속에 있던 정보들이 제자리를 찾아가며 재식은 자신이 여러 유전자를 받아들이며, 그저 단순하게 강해지는 것이 아니라 그 몬스터에게서 자신이 부족한 부분을 취득해 보다 진화를 한다는 것을 알게 되었다.

그래서 최수연에게 진화한다고 표현한 것이었다.

"지금 내 몸에는 최소 여섯 종의 몬스터 유전자가 결합되어 있어."

최수연은 설마 그렇게나 많은 몬스터의 유전자를 재식이 보유하고 있을 줄은 상상도 못했다.

이야기를 듣기 전에는 그저 많아야 두세 개의 유전자를 가지고 있을 것이라 생각했는데, 그 두 배를 가지고 있다는 소리에 깜짝 놀랐다.

"그럼 그렇게 덩치가 커지는 것도……."

"맞아, 전에도 말했지만 어스 드레이크 레이드 중에 놈의 유전자가 내 몸으로 들어왔어. 그런데……."

재식은 어스 드레이크 레이드 도중 그 피를 삼킨 적이 있었고, 유전자 변형 시술로 갖게 된 특성 때문에 유전자 정보가 재식에게 스며들었다.

자신의 부족한 능력을 유전자가 알아서 취합하면서 재식의 신체는 이전보다 더욱 강해졌다.

하지만 강해진 것은 좋은데 성능이 너무도 좋아진 바람에 신체에 에너지를 공급할 엔진, 즉 심장에 문제가 발생했다.

평상시에는 문제가 없지만, 신체 능력을 최대한으로 활성화시키게 되면 급속도로 체력이 방전됐다.

석탄처럼 은근하게 오래 타야 할 것이 가솔린처럼 한순간에 화력을 올리며 타버리는 바람에 기존의 심장은 변한 재식의 신체 능력을 완벽하게 뒷받침해 주지 못했다.

물론 그때에도 신체 능력을 활성화하면 덩치가 조금은 커지는 변화가 있긴 했지만, 지금처럼 급속히 커지진 않았다.

그런데 기가스의 심장을 특수 처리하여 몸에 맞게 개조한 덕에, 향상된 신체에 충분한 에너지를 공급하면서도 기존에 보이던 능력 이상으로 신체가 업그레이드되었다.

그 과정에서 재식의 덩치는 더욱 커졌다.

이는 재식의 것이 된 기가스의 심장이 가지고 있던 유전자 때문이었다.

여러 몬스터의 유전자가 재식의 몸에 섞이면서 이제는 그 기가스의 심장도 정상적인 것과는 다르게 변했다.

재식은 이러한 이야기를 하나의 꾸밈도 없이 최수연에게 들려주었다.

이런 재식의 이야기를 모두 들은 최수연은 문득 궁금해졌다.

"그럼 부작용을 극복한 지금 네 능력은 어느 정도까지 향상된 거야?"

재식은 잠시 고민을 했다.

자신의 능력은 어디까지인지는 그녀뿐만 아니라 재식 본인도 궁금해하는 부분이었다.

"얼마나 될까?"

재식은 자신도 모르게 작게 중얼거렸다.

어스 드레이크의 피와 마나 하트로 얻어진 능력과 기가스의 심장에 자신만이 알고 있는 마법 지식을 활용해 심장의 기능을 강화시켰다.

뿐만 아니라 오크 전사의 전투 센스와 홉 고블린 챠콥의 교활함과 이변을 만들어 내는 흑마법까지 알고 있는 자신의 능력이 어디까지일지 가늠해 보았지만, 잘 판단이 서지 않았다.

"음, 어스 드레이크를 사냥하기 전에도 6등급 헌터였고, 또 S급 헌터로 분류가 되었으니… 아마 지금 정도면 6등급 보스 몬스터 정도는 혼자 사냥이 가능할 것 같아!"

"뭐!"

최수연은 조곤한 재식의 말에 깜짝 놀랐다.

6등급 몬스터도 아니고 무려 보스 몬스터와 일대일로 사냥이 가능할 것 같다는 재식의 말이 도저히 믿기지 않았기 때문이었다.

현재 7등급 헌터인 그녀도 6등급 일반 몬스터를 혼자 잡으라 하면 그 승패를 장담할 수 없었다.

그런데 재식은 일반이나 엘리트도 아니고, 보스 몬스터를 일대일로 잡을 수 있다고 했다.

그 말은 돌려 말하면 적당한 지원만 있다면 재앙이라 불리는 7등급 보스 몬스터도 안정적인 사냥이 가능하다는 말이 되었다.

앞에서는 재식이 탱킹을, 뒤에서는 떨어지는 체력을 보충해 주고, 또 팀 유니콘 제5전대처럼 원거리 공격에 특화된 지원 병력이 몬스터를 공격한다면 아주 가능성이 없는 이야기도 아니었다.

"그럼 너도 3신처럼 7등급에 오른 거야?"

무신 이용진이나 뇌신 김현성 그리고 괴물 백강현과 같은 레벨에 오른 것이 아닌지 물었다.

"뭐, 정확하지는 않지만 내 생각에는 비슷한 수준에 오른 것 같기는 해."

재식은 최수연의 질문에 부정하지 않았다.

현재 자신의 능력이라면 최소 백강현과 비슷한 정도는 되지 않을까 생각했다.

재식은 백강현이 늑대의 유전자를 시술받은 것을 알고 있었다.

그런데 백강현이 시술받은 당시만 해도 기술이 발달하지 못해 맹수의 유전자를 받을 수 있는 기대치가 그리 높지 않았다.

지금이야 기술이 발전하여 30% 정도의 유전자를 시술받을 수 있게 되었지만, 그 당시만 해도 겨우 20%가 최대치였다.

백강현은 신체와 늑대 유전자의 결합 효율이 너무도 좋았기에 늑대 유전자가 가지고 있는 힘을 대부분 받아들여, 20%만으로도 다른 헌터들에 비해 월등한 능력을 보였다.

그리고 뒤늦게 특이 능력을 각성하면서 샤프 블레이드와 같은 능력을 손톱이나 발톱에 생성할 수 있게 되어 단단한 몬스터의 껍질이나 질긴 가죽을 뚫고 자를 수 있게 되었다.

이는 재식도 충분히 가능한 능력들.

다만, 오랜 시간 몬스터를 상대로 전투를 벌이면서 체득한 노하우는 아직 따라갈 수 없기에 승패를 장담할 수는 없었다.

그럼에도 재식은 만약 백강현과 싸우게 된다고 해도 꼭 자신이 밀릴 것이란 생각은 들지 않았다.

*　　　　*　　　　*

데이트를 마치고 돌아오는 길, 재식은 아까 최수연과 했던 이야기가 다시금 떠올랐다.

현재 가진 능력에 대한 질문을 들었을 때, 재식은 그동안 끊임없이 채찍질하며 달려오다 보니 정작 객관적으로 자신이 얼마나 강해진지는 알지 못했다.

그런데 최수연의 질문을 받고 나니 그제야 자신이 위치가 어느 정도인지를 되짚어 볼 수 있었다.

그리고 그런 생각을 한 재식은 이제는 백강현의 위협이 그렇게 두려움으로 다가오지 않는 것을 깨달았다.

사실 재식이 그렇게 강함에 목매던 것은 다름 아닌 백강현의 협박 때문이었다.

최충식의 음모로 생체 실험을 당해 몬스터의 유전자를 보유하게 되고 또 그 부작용으로 비정상적인 상태로 중급 헌터가 되었다.

보통은 유전자 변형 시술을 받게 되면 4등급 헌터가 되어야 함에도 불구하고, 재식은 부작용으로 인해 3등급

후반에서 4등급 초반에 겨우 걸치는 그런 헌터가 되어버렸다.

그 때문에 길드에서도 적응하지 못하고 쫓겨나게 생길 그때, 길드장인 백강현을 마지막으로 접견하게 되었다.

당시 그는 재식에게 침묵에 대한 서약을 받았다.

하지만 말이 침묵 서약이지 그것은 명백한 협박이었다.

성신 길드에서 있던 일을 외부에 알리게 된다면, 재식 본인은 물론이고, 부모님까지 가만두지 않겠다는 협박 말이다.

그 뒤로 재식은 힘에 대한 갈망이 시작되었다.

어떻게 해서든 강해지기 위해 위험한 몬스터 사냥을 혼자 다녔고, 아는 지인이 함께하자고 해도 혹시나 모를 감시자의 눈 때문에 혼자 사냥을 해 왔다.

그러다 보니 사람들이 잘 찾지 않는 사냥터만 전전하게 되었다.

하지만 그러한 것들이 전화위복이 되어 미발견 던전을 발견해 돈도 벌었다.

반대로 그와 관련해 실종 헌터 수색을 하다 몬스터에 붙잡혀 다시 한번 생체 실험을 당하게 되는 불행도 겪었다.

그런데 이번에는 전에 당한 생체 실험이 복으로 돌아와 새로운 힘을 가지게 되었다.

첫 번째로 당한 생체 실험에서 최하급 몬스터의 유전자를 주입받고 부작용만 있는 신체를 가졌는데, 두 번째 홉 고블린 챠콥에 붙잡혀 받은 마력진 삽입 수술은 그런 재식에게 강한 힘을 주었다.

다만, 그 과정에서 또 다른 부작용으로 정신을 차리지 못하고 과도한 마력에 중독이 되어 폭주를 하고 말았다.

만약 중간에 최수연과 제5전대원들이 도착하지 않았다면, 재식은 계속해서 폭주를 하다 더 강한 몬스터에게 잡아먹혔을지도 모르는 일.

그런데 운명의 신은 재식을 버리지 않았고, 두 번이나 생체 실험을 당한 재식이 불쌍한지 폭주하던 마력이 고갈되자 정신을 잃게 만들었다.

재식이 정신을 잃고 쓰러지자 최수연은 뒤늦게 폭주하던 재식이 몬스터가 아니라 자신들이 구해야 하는 구조자라는 것을 깨닫고 급히 협회로 후송하여 치료를 해 주었다.

그렇게 두 차례의 생체 실험을 겪으면서 재식은 새로운 기회를 잡았다.

폭주한 상태에서 잡아먹은 홉 고블린 챠콥의 기억 중 일부를 가지게 된 재식은 지구에서는 소설이나 영화에서만 나오던 마법이란 것을 알게 되었다.

그중 챠콥이 익히고 있던 것은 흑마법이었다.

그것은 무척이나 사악한 악마의 비술.

챠콥이 알고 있는 흑마법은 어떻게 보면 사악한 면이 없지는 않았지만, 잘만 활용하면 꽤나 쓸 만한 기술들이 많았다.

특히 아공간이라는 것과 소비한 생체 에너지를 몬스터나 다른 생명체에게서 얻는 방법은, 몬스터의 유전자로 에너지 소모가 많은 재식에게 안성맞춤이었다.

챠콥이 재식의 심장에 새겨 넣은 마력진은 부족한 생체에너지를 채워주었고, 챠콥이 알고 있던 마법은 재식에게 새로운 힘을 주었다.

하지만 재식의 정신을 지배하고 있는 성신 길드와 백강현에 대한 두려움은 그것으로 해결되지 않았다.

힘이 없을 때는 그저 피하고 은둔하면 되지만, 어느 정도 힘이 있음을 깨닫게 되자 또 달랐다.

힘을 얻게 된 재식은 이제는 백강현과 성신 길드에 대한 두려움에서 벗어나는 것이 아니라 그에 대응해 더욱 강한 두려움과 서러움을 그들도 느끼게 해 주고 싶다는 욕망을 갖게 되었다.

그런 욕망은 재식에게 앞으로 나아가는 원동력이 되어 몬스터 사냥에 더욱 적극적으로 만들었다.

그래서 자신에게 도움이 될 만한 존재로 헌터 협회 제5전대에 더욱 친하게 지냈는지 몰랐다.

그녀들과 가깝게 지내면서 빠르게 강해졌고, 또 어스

드레이크와도 싸워보고 그 과정에서 놈의 유전자도 확보했다.

언뜻 보면 재식이 제5전대의 대원들에게 끌려다니는 것 같아 보이지만, 그 모든 것이 재식에게 도움이 되기에 그녀들의 요구를 들어준 것이었다.

만약 그녀들의 행동이 재식에게 전혀 도움이 되지 않는다고 판단이 되었다면, 아마도 재식은 그녀들의 요구를 들어주지 않았을지도 모른다.

이러한 생각이 들자 재식은 순간 자신이 속물이 된 것 같은 느낌이 들고, 그동안 하던 행동들이 너무도 부끄러워졌다.

'아, 그동안 내가 그녀들에게 큰 도움을 준 거라 생각했는데, 그게 아니었구나.'

생명의 구함을 받았지만, 그럼에도 과하게 보답을 한다고 생각했다.

아티팩트의 가치가 그렇게 높은 것을 알자, 그러한 생각은 더욱 강해졌다.

하지만 지금에 와서 생각하니, 그 모든 것이 자신에게 도움이 된다고 판단해 그렇게 행동을 한 것뿐이란 사실을 깨달았다.

"하, 앞으로 더 잘하자."

진실을 깨달은 재식의 결론이었다.

지금 관계가 좋은 그녀들과 굳이 긁어 부스럼을 만들 필요가 없다 생각했다.

조용히, 앞으로는 진정한 친구로서, 동료로서 함께하면 되는 일이었다.

그러는 한편 개인적인 무력은 어느 정도 갖췄으니, 이제는 자신을 보조해 줄 인원을 모집해야 한다는 생각이 들었다.

한 가지 고민이 해결되니, 또 다른 고민거리가 떠오른 것이다.

현재 재식이 알고 있는 지식으로 지금 상태에서 더욱 획기적으로 강해지는 방법은 없었다.

신체 능력만 보면 재앙급인 7등급에도 꿀리지 않았다.

다만, 신체 사이즈, 즉 체급 차이 때문에 그 이상으로 대등해질 수 없는 것뿐이다.

그렇다는 말은 그걸 뛰어넘을 만한 것을 얻기 전에는 지금 상태에서 그리 크게 변하지 않는다는 소리였다.

그렇다면 이 상태에서 더욱 강해지려면 어떻게 해야 할까?

결론은 이미 나와 있었다.

바로 자신을 보조할 단체를 만들면 되는 것이다.

이미 발전의 한계에 부딪힌 상태에서 괜히 헛힘을 쓸 것이 아니라 다른 쪽으로 강해지면 되는 것이었다.

이렇게 해결책이 보이자 재식은 좀 더 길드에 대한 생각을 이었다.

'태형이나 수형이처럼 클랜으로 시작을 해 볼까? 아니야.'

가던 걸음을 멈추고 잠시 고민을 했다.

하지만 그건 아니란 생각이 들었다.

20명 미만의 헌터 클랜은 발전에 한계가 있었다.

물론 구성원 개개인이 현재 자신 정도로 강하다면 뭐 별 문제가 되지 않겠지만, 그렇지 않을 경우라면 소용이 없었다.

재식이 상정한 적은 다름 아닌 성신 길드가 아닌가.

국내에서 1위를 다투는 거대 길드이며 또 지금은 일본에서 전적으로 밀어주고 있는 곳이다.

국내와 일본에서 가지는 영향력을 모두 합친다면 어쩌면 국내 길드 랭킹 1위를 고수하고 있는 화랑 길드는 물론이고, 대한민국 집단 중 가장 강력한 헌터 협회 직할대마저 능가할 것이다.

그런데 겨우 20명 남짓의 클랜 규모로는 감히 견주지도 못할 수준이었다.

하지만 아무리 궁리해도 바로 길드 수준으로 키우기는 또 애매했다.

그건 재식이 헌터가 된 기간이 짧은데다가 그 기간 동안 쌓은 인맥도 그리 넓지 못하기 때문이었다.

만약 재식이 헌터 생활을 한 10년 정도 하고 지금의 능력을 가졌더라면 바로 길드를 만들 수도 있겠지만, 재식은 이제 겨우 3년 차.

어떻게 보면 무척이나 빠르게 강해진 것이라 할 수 있는데, 그만큼 다른 방면에서 많은 부분이 부족했다.

"거기 재식이니?"

재식이 한참을 길가에 서서 뭔가 생각에 잠겨 있을 때, 저 멀리서 누군가 그를 부르는 소리가 들렸다.

"아, 네, 엄마."

그를 부른 사람은 바로 재식의 어머니였다.

일찍 장사를 마치고 집으로 오던 중 길목에 우두커니 서서 고민을 하고 있는 아들의 모습을 보고 부른 것이었다.

"데이트가 있다면서 일찍 들어왔네?"

"네, 그렇게 되었어요. 힘드시죠? 저 주세요."

어머니가 장바구니를 들고 계신 것을 본 재식은 얼른 그것을 넘겨받았다.

"아, 괜찮은데. 그런데 무슨 일 있는 거니?"

혼자 골목 어귀에서 덩그러니 서서 고민하는 아들에게 무슨 일이 있나 걱정돼 물어보았다.

하지만 어머니께 이야기할 만한 고민이 아니기에 재식은

그냥 빙그레 웃으며 얼버무렸다.

"아니에요, 사업 계획을 좀 구상하느라……."

"그래, 잘 알아서 하니 더 묻지 않으마."

"네, 얼른 들어가요. 밥을 안 먹고 왔더니 배고파요."

"그래. 어서 들어가자."

재식은 어머니를 재촉해 집으로 향했다.

그러면서도 한편으로는 어떻게 길드원을 구할지 궁리했다.

*　　　*　　　*

재식이 길드 설립에 대한 고민을 한 지도 한 달 정도가 지났다.

그사이 태형과 수형 등에게 약속했던 아티팩트를 만들어 주고, 또 그렇게 만나 길드 설립을 하는 것에 대해 질문하며 조언도 들었다.

길드란 것이 클랜과는 다르게 무력을 가진 많은 사람들이 모여 이윤 활동을 하는 곳이다 보니, 설립 요건이 상당히 까다로웠다.

클랜도 비슷하기는 하지만 겨우 20인 미만의 것이니, 인원 제한이 없는 길드보다 그리 까다롭지 않았다.

그나마 다행이라면 재식은 헌터 길드를 설립하기 위한 초기 자금이 부족하지 않다는 것.

그동안 몬스터 사냥을 하고 또 어스 드레이크 레이드와 얼마 전 너구리 월드에 나타난 돌발 게이트를 처리하면서 공적을 인정받아 그 안에 있던 몬스터 사체의 대부분을 챙겼다.

돌발 게이트를 처리하고 받은 몬스터 부산물을 팔고 받은 수익만으로 작은 규모의 헌터 길드를 사고도 남을 정도의 금액을 벌었다.

그리고 헌터 협회의 허가를 받는 일도 그렇다.

어스 드레이크 레이드에서 기여한 것도 기여한 것이지만, 그 후 헌터 협회의 부탁으로 아티팩트 제작 의뢰를 받은 것만으로도 재식이 하는 일에 적극 협조를 해야만 했다.

이는 아티팩트 제조 의뢰를 받았을 때 계약 중 하나였다.

또 당시 헌터 협회에서도 재식에게 은근히 헌터 길드를 만드는 것을 권유하기도 했었다.

재식이 길드를 만든다면 협회에서 적극 협조를 하겠다고 말이다.

그런 협회였기에 분명 재식이 길드를 만들려고 서류를 넣는다면 분명 바로 처리를 해 줄 터다.

하지만 몬스터와 전투를 벌일 때, 확실히 믿고 자신의 등을 맡길 수 있는 헌터를 구할 수 있냐는 것이 가장 큰 문제였다.

이런저런 고민을 하며 걷던 중 재식은 자신도 모르게 신림동에 있는 협회로 걸음을 옮겼다.

헌터 등급이 오르면서 재식은 이곳 신림동 남부 지부를 찾지 않았다.

그도 그럴 것이, 남부 지부가 맡고 있는 지역에 재식이 활동할 만한 몬스터 사냥터가 없었기 때문이다.

물론 잡을 만한 몬스터가 아주 없는 것은 아니지만, 겨우 5등급 몬스터 몇 마리 잡기 위해 이쪽에서 활동을 하는 건 너무 큰 손해였다.

때문에 보다 많은 사냥감이 있는 북한산 몬스터 필드나, 강원도와 인접한 필드에서 사냥하는 것이 훨씬 많은 몬스터를 잡을 수 있는 효율적인 방법이었다.

더군다나 제5전대와 자주 어울리면서 그녀들이 파견 나가는 사냥터에 함께 자주 가다 보니 더욱 그러했다.

그런데 길드 설립에 대한 고민을 하며 걷다 보니 자신도 모르게 이곳 신림동에 있는 남부 지부로 오게 된 것이다.

그래도 작년에는 이곳을 본거지 삼아 매일 몇 차례나 들렸었다.

그도 그럴 것이, 하급 헌터가 협회 의뢰를 받아 몬스터 사냥을 하는 것이 가장 돈이 되었기에 그러했다.

하지만 최충식을 만나면서 재식은 남부 지부를 찾는 일이 줄어들었다.

그리고 올 초 미발견 던전에서의 사건 이후 한동안 이곳을 찾지 않았는데, 고민거리 있어 거리를 걷다 보니 재식은 무의식적으로 이곳을 향해 걸어왔다.

"내가 여길 왜 온 거지?"

재식은 자신도 모르게 작게 중얼거렸다.

이유를 알 수 없었다.

그런데 그때 뒤쪽에서 누군가 재식을 불렀다.

"어? 재식이 아냐?"

"누구……."

재식은 자신을 부르는 소리에 뒤를 돌아보았다.

"아! 주성이 형님 아니세요?"

재식을 부른 사람은 바로 작년 재식이 하급 헌터였을 때 함께 사냥하던 주성이었다.

"그래, 오랜만이다. 그런데 여긴 어쩐 일이냐?"

김주성은 재식을 보며 반가운 마음에 그의 곁으로 다가와 물었다.

"그냥 좀 걷다 보니 여기까지 왔네요. 그런데 형님, 작년에 유전자 시술받는다 하지 않으셨어요?"

전에 성신 길드에서 막 퇴출을 받고 근근이 생활할 때 우연히 만났었다.

그때 몇몇 아는 사람들과 함께 유전자 변형 시술을 받아 중급 헌터가 되면 정규 공대를 만든다고 했었다.

"그 일은 잘되고 있나요?"

당시 임시 공대의 리더를 하고 있던 재환이 공대를 만든 다고 했으니, 잘 운영을 하고 있을 것이란 생각에 물어본 것이다.

하지만 질문을 받은 주성의 표정이 썩 밝지 못했다.

"뭐, 만들기는 했는데… 중간에 재수가 좀 없어서."

이야기를 하는 주성의 표정과 내용을 들어보니 아무래도 공대를 만들기는 했지만, 뭔가 사고가 있던 것 같았다.

"재환 형님은 괜찮은 겁니까?"

재식은 우선 자신을 챙겨주던 임시 공대장인 재환의 안부 를 물어보았다.

"하~"

재식의 물음에 주성은 깊게 한숨을 쉬었다.

재환은 그 오지랖 때문에 몬스터 레이드를 하던 중 다른 대원을 대신해 부상을 당했다.

공대장이 부상을 당하는 바람에 공대의 활동은 지장을 받 을 수밖에 없었다.

그런데 더욱 화가 나는 것은 놈 때문에 공대장이 대신 부상을 당했는데도, 그 사람은 공대장의 부재로 사냥을 나 가지 못하는 것에 불만을 품고 다른 대원들에게 퍼트리고 다녔다.

처음에는 그런 대원에 대해 사람들이 안 좋은 시선을 보냈지만, 재환의 공백이 길어지자 공대원들 사이에서도 불만이 나오기 시작했다.

그러면서 점점 공대장인 재환이 부상에서 돌아올 때까지 참고 기다리자는 대원들과 각자 살 길을 찾아가자는 쪽으로 갈려 다투기 시작했다.

더욱이 그 비율이 이 대 삼으로 각자 살길을 찾아가자는 쪽이 우세해 이야기를 하는 주성의 표정이 어두운 것이었다.

8. 제안 I

보라매 병원.

한때는 대한민국 공군사관학교가 있던 곳이지만 사관학교가 이관이 되면서 공원으로 바뀌었다.

그러다 1991년 시립 보라매 병원이 건설되었다가, 대격변 이후 다시 헌터 전문 병원으로 탈바꿈 했다.

A동 301호는 보라매 병원에 있는 흔한 6인 병실이었다.

그리고 그곳에는 2달 전 몬스터 레이드를 나가 부상당한 재환이 입원한 병실이기도 했다.

이제는 낙엽이 다 떨어진 늦가을이다 보니 실내 온도 조절을 위해 문이 닫혀 있었다.

그런데 그때 노크 소리가 들리자 안에 있던 환자들의 시선이 출입문으로 모였다.

드르륵—

출입문이 열리고 일단의 사람들이 들어왔다.

"어?"

안으로 들어오는 사람의 얼굴을 확인한 재환이 주성의 얼굴을 보며 깜짝 놀랐다.

"또 어쩐 일이야?"

재환은 주성을 보며 물었다.

요즘 공대가 흔들리고 있다는 걸 알고 있기에 또 무슨 일이 생긴 건가 걱정됐다.

어렵게 모은 공대인데 자신의 부재로 공대 존립이 흔들리는 게 무척이나 안타깝고, 한편으로는 친구에게 미안한 생각도 들었다.

"여기 누가 왔는지 봐."

주성은 밝게 웃어 보이며 가로막고 있는 입구에서 살짝 비켜섰다.

"어? 재식이 오랜만이다."

주성에 의해 보이지 않던 재식이 그가 한 걸음 물러나자 모습이 보였다.

"예, 재환이 형님. 오랜만입니다. 오는 중에 얘기 들었습니다. 몸은 좀 어떠세요?"

상체에 붕대를 감고 있는 재환의 모습을 보며 물었다.

"뭐, 괜찮아. 이쯤이야 헌터라면 다 달고 다니는 거지."

아무렇지 않은 듯 말하는 재환의 표정이 좋지 않았다.

그는 붕대로 감춰진 자신의 상처를 내려다보며 씁쓸한 미소를 지어 보였다.

"괜찮긴 뭐가 괜찮다는 거야. 죽다 살아났으면서."

재환의 이야기를 들은 주성이 옆에서 인상을 찌푸리며 말했다.

"뭔 사람이……."

주성의 타박에 재환은 멋쩍은 듯 작게 중얼거렸다.

"재식이 네가 준 포션 덕에 겨우 목숨만 건진 거야. 그거 아니면 아마 죽었을지도 모른다."

주성은 옆에서 재환의 상처를 한 번 보고는 재식에게 얘기했다.

"네? 아니, 어쩌다……."

오면서 대충 들었지만, 이런 자세한 이야기를 들은 것은 아니었다.

"그게 어떻게 된 일이냐면……."

주성은 당시 재환이 어떻게 부상을 당했는지 들려주었다.

＊　　　＊　　　＊

　재환과 주성은 친한 사람들과 함께 비슷한 시기에 유전자 변형 시술을 받았다.

　그리고 사설 훈련장에서 유전자 변형 시술을 받고 변화된 신체에 적응하기 위해 훈련을 받았다.

　그동안 모아둔 돈이 많이 줄어들기는 했지만 그래도 당분간 가족들이 먹고살 만큼은 남겨 두었기에 걱정은 없었다.

　그렇게 만반의 준비를 마치고 시술을 받은 것이기에 재환과 주성은 변한 신체에 빠르게 적응했다.

　그렇게 유전자 변형 시술을 받은 지 3개월 만에 모든 적응을 마치고 본격적으로 몬스터 공대를 만들었다.

　공대는 클랜이나 길드와 다르게 클랜장이나 길드장에게 모든 권한을 위임하고 일부의 수익만 얻어가는 형태가 아니라, 동등한 위치에서 헌터의 대표로 공대장을 두고 몬스터 레이드를 할 때나 하고 난 직후 노고를 인정해 좀 더 많은 이득을 가져가는 체계다.

　다만, 이렇게 함께 오래 생활을 하다 길드나 클랜으로 발전할 때 새롭게 계약을 맺고 클랜장이나 길드장 밑으로 헌터들이 들어간다.

재환도 처음에는 그런 개념으로 운영하다 정말로 마음에 맞는 사람들과 헌터 길드를 만들 계획을 가지고 공대를 만들었다.

한자리에 모인 공대원들을 돌아본 재환은 그들 하나하나와 눈을 마주치며 진지하게 이야기를 했다.

"오늘은 5등급 자이언트 스콜피언을 레이드할 계획입니다."

비록 자신이 공대장이기는 하지만 공대 안에서는 리더 역할을 하는 것이지 공대원들을 자신이 고용한 것이 아니기에 반말을 하지 않았다.

"자이언트 스콜피언을 레이드할 때 주의할 것은 가장 첫 번째가 꼬리 공격이고 그 다음 두 번째가 거대한 집게발 공격입니다."

재환은 자이언트 스콜피언 사냥 시 주의할 점을 하나하나 대원들에게 설명했다.

"우선 자이언트 스콜피언의 패턴에 대한 설명을 할 것이니 숙지하시기 바랍니다. 패턴 1은……."

그동안 헌터들이 수많은 자이언트 스콜피언을 사냥하면서 얻은 데이터를 바탕으로 놈을 사냥할 때 어떻게 행동을 해야 할지를 그것들을 대원들에게 가르쳐 주었다.

"끝으로 곤충형 몬스터를 동물형이나 인간형 몬스터들과 다르게 돌발행동을 할 때가 있으니, 특히나 집게발이 있는 쪽에 위치하는 대원들은 절대로 레이드가 끝날 때까지 긴장 놓지 마시기 바랍니다. 알겠습니까?"

"네, 알겠습니다."

"알겠습니다, 대장님!"

재환의 설명을 들은 대원들은 각자 개성에 맞게 대답을 했다.

*　　　*　　　*

"절대 한곳에 2초 이상 머물지 말고 계속 움직여!"

재환은 자이언트 스콜피언 레이드가 시작되고 계속해서 공대원들에게 지시를 내렸다.

자인언트 스콜피언은 커다란 덩치에 비해 상당히 재빠른 몬스터였다.

한곳에 오래 머무는 것은 자신을 죽여 달라는 것과 다르지 않았다.

그래서 자이언트 스콜피언을 사냥할 때는 계속해서 움직여 놈으로 하여금 자신을 공격하는 적의 숫자가 많다고 착각하게 만들어야 했다.

그래야만 타깃을 잡는 데 어려움을 겪을 것이고, 레이드를 하는 헌터의 입장에서도 우왕좌왕하는 자이언트 스콜피언으로부터 공격받을 확률도 줄고, 또 공격이 들어올 때 회

피하기가 편하기 때문이었다.

챙—

자이언트 스콜피언에게 가장 많은 공격을 받는 사람은 전면에 서 있는 헌터였다.

그리고 그 자리는 공대장을 맡고 있는 재환이 있었다.

그는 자신에게 향하는 자이언트 스콜피언의 공격을 방어하고, 그 와중에도 공대원들에게 지시를 하느라 무척이나 바빴다.

쉬익—

퍽!

"거기 조심해! 패턴 3이다!"

재환은 레이드에 들어가기 전 브리핑을 한 것을 소리쳤다.

패턴 3은 자이언트 스콜피언이 꼬리를 휘두르는 것이다.

놈은 꼬리를 마치 채찍처럼 뒤로 뺏다가 앞으로 찌르듯 내려찍는다.

전방에 있는 이들은 이때 조심해야 하는데, 무조건 자이언트 스콜피언의 꼬리 공격을 피해야만 했다.

만약 이를 방어구로 막으려 했다가는 자이언트 스콜피언이 내지른 꼬리에 꼬치처럼 꿰일 수 있었다.

물론 신체 능력 각성자나 단단한 방패를 든 숙련자라면

자이언트 스콜피언의 꼬리 공격을 흘릴 수 있으나, 현재 이 자리에 있는 헌터 중 어느 누구도 그러한 능력을 가진 헌터는 없었다.

만약 그런 능력이 있는 헌터였다면 공대가 아닌 헌터 길드에 소속되어 있었을 것이다.

그때 뒤로 빠져 있던 꼬리가 맹렬히 다가왔다.

휘익—

그러나 재환이 미리 경고를 했기에 자이언트 스콜피언의 꼬리 공격은 아무런 효과도 보지 못하고 애꿎은 맨땅만 파고들었다.

"이얍!"

한 번의 턴이 넘어가자 재환은 빠르게 정면으로 뛰어들어 손에 들고 있는 워 해머를 휘둘렀다.

쾅!

꽈직—

불곰의 유전자를 활성화시킨 재환의 힘은 엄청났다.

그리고 그가 들고 있는 10kg 무게의 워 해머는 갑옷같이 단단한 자이언트 스콜피언의 외피를 파괴하는데 효과적인 무기였다.

끄르륵—

재환의 워 해머로 인해 왼쪽 집게발 쪽에 타격을 받은 놈이 괴상한 비명을 지르며 움찔거렸다.

그 모습을 바라본 헌터들은 부상을 입힌 것에 고무되어 빠르게 접근했다.

그러고서는 각자의 무기를 들고서 자이언트 스콜피언의 몸통을 사정없이 공격했다.

느리긴 하지만, 재환이 지휘하는 공대는 차근차근 착실하게 자이언트 스콜피언에게 대미지를 주며 레이드를 진행했다.

그리고 시간이 흘러 헌터들의 공격을 받은 자이언트 스콜피언의 단단한 외피가 여기저기 터졌다.

치명적인 독을 품고 있던 꼬리도 어느새 절단되어 뭉툭하게 잘려 있었다.

또 여러 개의 다리도 잘려 나가 더 이상 도망도 치지 못하게 되어 최후가 얼마 남지 않아 보였다.

"조금만 더 힘내자!"

재환의 힘내자는 구호에 대답한 헌터들이 마지막 힘을 짜냈다.

장장 두 시간에 걸친 레이드가 이제 끝이 보이기 시작했다.

사실 합을 맞춰 본지 겨우 두 달밖에 되지 않은 이들이 5등급 몬스터 중, 중간 정도에 위치한 자이언트 스콜피언을 잡는 것은 시기상 조금 이르긴 했다.

그나마 다행인 건 재환의 지시에 잘 따라 준 덕분에 시간은 걸렸지만, 부상자 없이 자이언트 스콜피언을 잡을 수 있게 됐다는 것.

만약 이대로 레이드가 끝난다면 이들로서는 참으로 값진 결과를 얻을 수 있을 것이었다.

레이드 중 몇 가지 문제가 보였지만, 그것만 고친다면 앞으로 자이언트 스콜피언을 사냥하데 걸리는 시간을 지금보다 더 단축시킬 수 있을 같았다.

뿐만 아니라 자이언트 스콜피언의 단단한 외피를 의식해 둔기 위주로 무장했는데, 다음에는 좀 더 다양한 무기를 준비해 온다면 보다 효과적인 사냥을 할 수 있을 것이란 생각까지 들었다.

그런 탓에 재환은 빨리 이번 사냥을 마무리하고 싶었다.

"하압!"

기합과 함께 재환은 모든 힘을 워 해머에 담아 놈의 머리를 공격했다.

퍽!

둔중한 타격음과 함께 자이언트 스콜피언의 머리 윗부분이 파괴되었다.

그로 인해 단단한 외피 안에 들어 있던 자이언트 스콜피언의 뇌의 일부가 뭉개져 비산했다.

끼각—

재환에게 최후의 일격을 받은 자이언트 스콜피언은 기괴

한 비명을 지르고는 더 이상 버티지 못하고는 땅바닥에 털썩 주저앉았다.

"와, 이겼다!"

"와우!"

"아우, 힘들었다."

"드디어 끝났네!"

헌터들은 자이언트 스콜피언이 쓰러진 거대한 몸을 보며 한마디씩 했다.

장장 두 시간이나 되는 시간을 몬스터와 사투를 벌였다.

자신보다 등급이 높은 몬스터를 상대로 하다 보니 한순간도 긴장을 놓을 수가 없어 매순간 피로가 몰려왔다.

육체적으로도, 정신적으로도 참으로 힘든 레이드였다.

그래서 그런지 모든 공대원들이 사냥이 끝나기 무섭게 긴장이 풀려 제자리에 쓰러지듯 앉았다.

하지만 어디에나 별종은 있기 마련.

대부분의 헌터들이 지쳐 주저앉아 휴식을 취할 때, 한 사람이 조금 전 최후를 맞은 자이언트 스콜피언의 앞으로 걸어갔다.

휴식을 취하고 있던 헌터들의 눈동자가 그를 따라갔다.

"그동안은 4등급 몬스터만 사냥을 해 왔는데, 드디어 저희도 등급이 높은 몬스터 사냥에 성공했네요."

죽은 자이언트 스콜피언의 사체 이곳저곳을 만지던 헌터는 그렇게 말했다.

그 말에 휴식을 취하고 있던 헌터들은 순간 무언가 가슴을 울리는 느낌을 받았다.

'아, 드디어 우리도 상급 몬스터를 레이드할 수 있게 되었구나!'

자신보다 높은 등급의 몬스터를 잡는 것은 결코 쉬운 일이 아니었다.

헌터 길드야 체계적인 레이드 방식이 있어 오랜 시간 훈련을 하기에 높은 등급의 몬스터를 사냥하는 경우가 종종 있다.

하지만 일반적인 공대나 클랜의 경우에는 그런 경우가 그리 많지 않았다.

공대보다 체계가 서 있는 클랜에서도 구성 인원이 적어 그런 상황에서는 적극적으로 나서기 보단 안전을 위해 뒤로 빼는 게 대부분이었다.

그리고 공대의 경우에는 대원들 간의 유기적인 움직임을 컨트롤하기도 힘든데다, 또 상위 몬스터에 대한 사냥 노하우가 부족해 자칫 사냥 중 사상자가 많이 나올 수도 있기에 자신들보다 등급이 높은 몬스터를 사냥하는 경우는 많지 않았다.

그렇기에 등급보다 높은 몬스터를 레이드하고, 또 그걸

성공시키는지에 따라 공대의 네임 밸류가 달라지고는 했다.

그런데 처음으로 자신들보다 등급이 높은 자이언트 스콜피언을 레이드하면서 이들은 큰 피해 없이 사냥에 성공했다.

몇몇 헌터가 피부가 찢기는 등 여러 경상자가 있기는 하지만, 자신보다 높은 등급의 몬스터를 사냥하는 중 생긴 부상으로는 경미한 수준이었다.

그래서 이들이 이렇게 흥분을 하는 것이기도 했다.

하지만 방심은 언제나 화를 불러온다고 하던가.

죽은 자이언트 스콜피언의 시체를 만지며 까불거리던 헌터는 자신을 노리는 존재를 아직 깨닫지 못했다.

그것은 죽은 자이언트 스콜피언 배 밑에 자리하였는데, 헌터들이 레이드를 끝내고 앉아 휴식을 취하고 있을 때 조용히 그 밑에서 기회를 엿보고 있었다.

그러다 한 헌터가 다가오자 빠르게 튀어나왔다.

"위험해!"

최후의 일격을 날리고 쉬던 재환은 전리품을 챙기기 위해 다가가다가 죽은 자이언트 스콜피언의 배 밑에서 무언가 튀어나오는 것을 보며 소리쳤다.

그러고는 빠르게 몸을 날려 아직도 제 위험을 알아차리지 못한 헌터를 밀쳤다.

털썩!

헌터가 밀려 넘어지는 것과 동시에 검은 무언가가 재환의 옆구리를 스치고 지나갔다.

"뭐, 뭐야!"

휴식을 취하고 있던 헌터들은 너무도 갑작스러운 사태에 깜짝 놀라 비명을 질렀다.

"으윽."

위기에 처한 헌터를 밀어내고 대신 공격을 받은 재환은 순간적으로 옆구리에서 느껴지는 엄청난 통증에 신음을 토했다.

"재환아!"

주성은 친구인 재환에게 달려가 소리쳤다.

"아, 안에 포션."

재환은 고통에 몸부림치는 와중에도 지금 어떻게 조치를 해야 자신이 살 수 있는지 깨닫고는 품에 있던 포션을 뿌려 달라고 말했다.

"아!"

주성은 작년 재식이 성신 길드로 떠나면서 주고 간 포션이 생각났다.

급히 그것을 꺼내 재환의 환부에 뿌렸다.

치지직—

포션이 뿌려진 재환의 상처에서는 마치 숯에 물을 뿌리는 듯한 소음이 들리면서 상처가 아물어 갔다.

하지만 재환이 가진 것만으로는 상처가 모두 회복될 것 같지 않아 자신이 가지고 있는 것까지 모두 뿌렸다.

재식이 이들에게 선물로 준 포션은 가장 질이 떨어지는 최하급이기 때문이었다.

＊　　　＊　　　＊

병실 안 주성의 이야기를 듣고 있던 사람들은 어처구니없다는 표정으로 재환과 주성을 한 번씩 번갈아 쳐다보았다.

너무도 흥미진진한 이야기 때문에 재환과 같은 병실을 쓰고 있던 환자들도 주성의 이야기에 귀를 기울이고 듣고 있다가 마지막에 가서는 답답한 듯 콧김을 뿜어냈다.

"그러니까 뭐야, 박준우라는 놈이 자신을 구해 준 재환 씨의 뒤통수를 후려갈겼다는 소리 아냐!"

재환과 같은 병실을 쓰는 김 씨라 불리는 사내는 주성의 말에 제가 더 열이 받는다는 듯 얼굴을 붉히며 성을 냈다.

"결과적으로는 그렇죠."

"고, 네 가지 없는 새끼가 옆에서 빤히 다 봐 놓고도 그랬단 말이지. 지 구하려다 부상당한 공대장이 몇 달 사냥을 못 나간다고 불만을 터뜨린다는 것이 말이나 되는 소리야!"

또 다른 환자도 김 씨의 말에 동조하며 화를 냈다.

이들도 헌터들이기에 재환이 겪은 일에 공감이 가기 때문이었다.

헌터는 무척이나 위험한 일이고, 그건 누구나 아는 얘기다.

몬스터가 돈이 된다고 하고, 또 헌터가 그걸 잡아 돈을 많이 버는 직업이긴 했다. 그러나 사냥을 나갈 때마다 그들은 자신의 목숨을 걸고 몬스터를 잡는 것이었다.

그렇기에 헌터는 함께하는 동료에 대한 신뢰가 무척이나 중요했다.

자신의 등 뒤를 맡길 수 있을 정도로 믿을 수 있는 사람만을 동료로 인정을 했다.

그런 조건에서 보면 이 자리에 있는 재환은 무척이나 믿을 수 있는 동료이고, 공대장이었다.

어느 누가 자신의 안녕을 돌보지 않고 동료의 목숨을 구하기 위해 뛰어들어 가겠는가.

아무리 공대장의 책임감을 포함하더라도 그건 쉽지 않은 일이고, 그렇기에 그의 공대원들은 복 받은 헌터라 판단했다.

하지만 그런 복도 받을 만한 사람이 받아야 한다는 생각이 들었다.

어떻게 자신의 목숨을 구해 준 공대장에게 그런 식으로 대우하냐는 말인가.

그리고 자신의 공대장이 부상을 당하는 걸 옆에서 두 눈으로 확인하고서도 그에 동조하는 헌터가 나온다는 것이 참으로 기가 막히고 코가 막힐 일이었다.

"그런 놈들이면 필요 없으니까 다 내쫓아 버리지!"

급기야 김 씨는 재환을 보며 공대에서 퇴출을 시키라 말했다.

재환도 솔직히 그런 마음이 없지 않았다.

하지만 공대 전력의 전반에 가까운 열여섯 명이나 그러고 있으니 쉽게 결정을 내릴 수가 없었다.

솔직히 마흔 명이나 되는 헌터를 모으는 것도 쉽지 않은 일이었다.

유전자를 주입받든 아니면 각성을 통하든, 헌터들은 중급이 되면 공대보다는 헌터 길드에 들어가는 것을 선호했다.

공대보다 체계적이기에 보다 안전한 길드에 들어가는 것이 초반 수익이 적더라도 오래도록 헌터 일을 할 수 있기 때문이었다.

헌터 공대도 장점은 있었다.

길드에 비해 자유가 보장되고, 한 번의 몬스터 사냥으로도 보다 많은 수익을 얻을 수 있었다.

하나 그것은 모두 이론적인 것이고, 실상은 상당히 위험을 감수해야만 하며 또 위험에 비해 수익이 그렇게까지 크지는 않았다.

그렇기 때문에 헌터들은 대체로 헌터 길드에 들어가는 것을 원하지, 공대에 들어가는 것을 선호하지 않았다.

물론 공대에도 들어가지 못하는 헌터에 비해서는 낫다고 할 수는 있지만, 그래도 우선순위는 헌터 길드였다.

그러다 보니 생각보다 공대원을 구하는 것은 쉽지 않았다.

그럼에도 재환은 그동안 하급 헌터 때 쌓은 인맥을 통해 공대를 만들었지만, 정작 공대원을 대신해 부상당한 것으로 인해 사냥을 나가지 못하게 되자 여기저기서 불만이 터졌다.

이 때문에 재환은 자신이 배푼 선행을 후회하는 지경까지 오게 되었다.

지금은 그저 미련을 버리지 못해 버티고 있기만 한 상태.

그러나 그것도 주성에게서 불만을 가진 공대원들이 다른 움직임을 보이고 있다는 것에 마음이 흔들렸다.

그때 재식이 대화에 끼어들었다.

"재환 형님!"

"응?"

"제가 하는 이야기 오해하지 말고 들어주세요."

재식은 조심스럽게 입을 뗐다.

"주성 형님도 함께 들어주세요."

재식이 무언가 이야기를 하려 하자 재환이나 주성도 침을 꼴깍 삼키며 긴장했다.

"꿀꺽!"

"그래 무슨 이야기를 하려고 그렇게 뜸을 들이는 건데?"

주성은 긴장을 하며 물었다.

"네, 다름이 아니라… 요즘 제가 한 가지 고민이 있거든요."

"고민?"

"네."

"그게 뭔데?"

고민이 있다는 재식의 말에 주성과 재환은 호기심 가득한 눈빛으로 재식을 쳐다보며 물었다.

그런 두 사람의 물음에 살짝 미소를 지어 보이며 대답을 했다.

"형님들 제가 요즘 잘나간다는 것은 듣고 계시죠?"

재식은 맑은 눈빛으로 주성과 재환을 쳐다보며 자신의 근황에 대해 이야기했다.

"물론 잘 알고 있지. 성신 길드의 길드장인 괴물 백강현 이후로 새로운 7등급 보스 레이드에 성공한 S급 헌터가 너잖아!"

주성은 마치 병실 안에 있는 환자들에게 모두 들으라는 듯 큰 소리로 재식에 관한 이야기를 했다.

"뭐야! 이 청년이 그 헌터였어?"

"와! 세상에 내가 S급 헌터를 보게 되다니 갈 때, 사인 하나만 해 주고 가 줄 수 없나?"

김 씨와 또 다른 환자는 재식을 돌아보며 놀란 눈으로 그렇게 말했다.

"하하, 네. 필요하시다면 해 드릴게요."

재식은 환자들의 부탁에 흔쾌히 대답하고는 다시 이야기를 이어 갔다.

"아무튼 제가 얘기한 것처럼 어느 정도 능력을 가지긴 했는데, 혼자서 몬스터 사냥을 하는 것에는 한계가 있더라고요."

"그럼 헌터 길드에 들어가면 되지 않나?"

하지만 곧 자신이 실수를 한 걸 깨닫고는 얼른 사과했다.

"앗! 미안… 내가 깜빡했네."

"아닙니다. 뭐, 그럴 수 있죠."

재식이 살짝 어색한 표정으로 괜찮다고 말을 하지만, 결코 그 표정이 괜찮지 않다는 것을 주성은 잘 알 수 있었다.

한편, 그 모습을 보면서 김 씨와 다른 환자들은 무언가 말 못할 비밀이 있다는 것을 깨닫고는 조용히 재식의 말에 귀를 기울였다.

"어쨌든 혼자서는 한계가 있다 생각하는데, 마침 헌터 협회에서 길드를 창설하는 것이 어떠냐는 제안을 해 왔습니다."

재식의 말에 재환이 깜짝 놀라며 물었다.

"아니, 그게 정말이야? 협회에서 자네에게 그런 제안을 했다는 것이!"

헌터 길드를 창설하는 건 무척이나 어려운 일이었다.

예전, 대격변 초기에는 아무나 신청만 하면 바로바로 허가가 나기도 했으나, 지금은 그렇지 않았다.

우후죽순 난립하던 헌터 길드 때문에 대한민국은 한 때 심각한 위기를 겪은 적이 있었다.

헌터들이 무분별하게 길드를 만들어 이권을 두고 다투는 바람에 정작 필요한 시점에 헌터들이 부족해지는 상황이 생겨난 것이다.

당시에 사상자가 발생한 것은 물론이고, 재산상의 손해도 막심했다.

그러한 과도기를 겪은 헌터 협회에서는 이후 무분별한 헌터 길드의 확산과 과도한 이권 다툼을 막았으며, 헌터 길드를 만드는 데 까다로운 서류 심사와 자격 조건을 필요하도록 하였다.

그 뒤로 헌터 길드가 설립되는 것은 1년에 서너 개뿐이 안됐다.

그러다 보니 뜻밖의 상황이 벌어지게 되었다.

강력한 몬스터를 사냥하다 보면 때로는 실패하는 경우가 생기며, 그럴 때 기존에 있던 헌터 길드가 해산을 하거나 폐쇄를 하는 순간 찾아왔다.

그런데 문제는 까다로운 설립 조건 때문에, 그렇게 사라지는 것보다 새롭게 설립되는 길드의 숫자가 적어지는 현상이 벌어진 것이다.

몬스터를 막을 길드는 필요한데 자꾸만 줄어가니 일각에서는 헌터 길드의 설립 조건을 완화해야 하는 것이 아니냐는 이야기가 나오기도 했지만, 헌터 협회에서는 절대로 완화할 생각이 없다는 방침을 지금껏 고수해 왔다.

그래야 무분별하게 늘어나는 길드에 의한 해악이 줄어들 뿐만 아니라 그곳에 속하지 않은 헌터들의 생존율도 높일 수 있다는 주장에서였다.

물론 협회의 이러한 이유만 있는 것은 아니었다.

기존 길드의 입장에서도 경쟁자가 늘어나는 것보다는 최대한 새로운 헌터 길드의 허가를 막는 것이 경쟁자를 줄이는 데 효과적이었다. 또 부족한 헌터의 수급이 원활히 하기 위해서라도 새로운 구심점을 막아야만 하기에 그들은 헌터 협회를 지지해 왔다.

그러다 보니 새로운 헌터 길드의 출연은 줄어들고, 기존의 헌터 길드들의 기득권만 더욱 강화되고 있는 상황이었다.

그런 상황에서 협회는 재식에게 기존의 길드에 들어가길 권하기보단 직접 길드를 만들도록 제안한 것이었다.

이건 무척이나 의외의 이야기인데, 사실 재환이 공대를 만든 것은 실적을 쌓아 길드를 만들기 위해서였다.

비록 자본이나 밀어줄 기업은 없지만, 오래 전부터 길드를 만들기 위해 많은 연구를 해 왔다.

끈끈한 유대감을 쌓고 내실을 다져 길드까지 가려했다.

그렇기에 공대원을 대신해 부상까지 당했으나, 정작 도움을 받은 공대원은 자신의 작은 이득을 놓치지 않기 위해 목숨의 은인인 재환을 외면하며 다른 공대원들을 선동해 공대를 갈라 놓았다.

그 탓에 재환은 회의감에 빠져 있었다.

"형님이 믿을 수 있는 사람들과 함께 제가 만들려는 길드에 들어오시지 않겠어요?"

"뭐?"

"사실 제가 헌터가 된 기간이 짧다 보니 아는 인맥이 별로 없어요. 게다가 친한 헌터들에게 제가 만들려는 길드에 들어오라 권할 수도 없고요. 그나마 제가 알고 있는 인맥이나 친한 헌터라고는 형님들뿐인데……."

재식은 은근한 표정으로 재환과 주성을 쳐다보며 계속해
두 사람과의 인연에 대해 어필했다.

그런 재식의 말에 당황스럽긴 하지만, 두 사람은 썩 나쁘
지 않게 들렸다.

더군다나 재식은 자신들과의 인연 때문에 성신 길드에 가
입할 때, 마지막 인사를 하러 와서는 포션까지 자신들에게
나눠 주고 갔다. 게다가 그때 받은 포션으로 목숨을 부지하
지 않았던가.

그런 생각이 들자 재환은 재식의 말을 긍정적으로 생각하
기 시작했다.

그리고 이를 들은 주성 또한 자신의 길드로 들어오라는
재식의 말에 가슴이 뛰었다.

다른 사람들과는 그저 그랬지만, 재식과 함께할 때는 항
상 뭔가 좋은 기분이 들고는 했다.

그래서 재식에게 먼저 다가가 이야기도 하고, 성신 길드
에 들어가기 전까지도 가깝게 지냈다.

그러다 재식이 몇 달 만에 성신 길드에서 쫓겨나 다시 만
났을 때는 그런 재식의 상황에 안타까워 함께하자고 했었
다.

다만, 당시 재식이 사정이 있어 함께할 수 없다고 해서
조금은 섭섭하기도 했지만, 그 모든 것이 재식을 쫓아낸 성

신 길드 때문이란 것은 듣지 않아도 알 수 있었다.

언제나 밝은 재식이었다.

그런 그가 몇 달 만에 돌아와서는 뭔가에 쫓기는 듯한 느낌을 풍겨 왔다.

주성은 그 모습을 볼 때마다 도움을 주지 못하는 것이 미안했다.

재식은 자신들을 위해 중급 헌터에게는 별거 아니라며 최하급 포션을 건넸지만, 최하급이라도 도움이 될 때가 있었다.

그리고 그 도움을 받은 것이 바로 앞에 있는 재환이지 않은가.

급한 대로 두 개의 최하급 포션을 사용해 넘어가려는 목숨을 간신히 붙잡았다.

그렇게 절체절명의 순간을 넘긴 덕에 헌터 병원까지 올 수 있는 시간을 벌어주었고, 재환은 기적적으로 목숨을 구하게 되었다.

그러니 재식은 재환에게 생명의 은인이고, 주성에게는 친구의 생명을 구해 준 사람이었다.

"하지만 지금 남은 인원으로는 한 개 공대도 되지 않는데, 괜찮겠어?"

주성은 조심스러운 목소리로 입을 열었다.

박준우의 선동에 넘어간 헌터들 때문에 현재 공대에 남아 있는 사람은 겨우 스무 명이 넘었다.

그 중 공대장이던 재환은 부상으로 한동안 활동할 수도 없는 상황.

"더욱이 재환이는 앞으로도 몇 달은 더 병원에 있어야 하는데……."

"그건 걱정하지 마세요. 일단 재환 형님은 앞으로 길드 본부로 사용할 장소에 설치한 긴급 치료 캡슐에 들어가면 금방 회복할 수 있을 거예요."

재식은 주성의 걱정스러운 이야기에 별거 아니란 듯 대답을 했다.

우선적으로 자신의 심장이식을 위해 설치한 긴급치료 캡슐을 이용한다면, 재환은 며칠 지나지 않아 정상으로 회복할 수 있을 것이다.

사실 여기 있는 환자들의 경우 긴급 치료 캡슐에 들어가기만 하면 금방 나을 수 있는 부상들이었다.

다만, 긴급 치료 캡슐을 사용하기 위해선 많은 비용이 드는데, 여기 있는 헌터들은 그런 치료비를 감당할 수 없기에 그저 값이 싼 치료약과 자연 치유력을 믿고 이곳에 있을 뿐이었다.

그런데 긴급 치료 캡슐이라니.

캡슐은 협회나 돈이 많은 거대 길드에서도 쉽사리 운용하지 못했다.

몸체의 가격도 있지만 캡슐에서 사용하는 액체가 바로 포션이기 때문에 치료비가 비싼 것이었다.

그러한 긴급 치료 캡슐을 대형 길드도 아니고, 이제 막 길드를 만들려는 재식이 이미 갖추고 있다는 건 너무나도 놀라운 일이었다.

몇 대가 있는지는 모르지만, 있다는 것 자체로도 대단한 것이었다.

"혹시 그 길드 들어가는 조건 까다롭습니까?"

이들의 이야기를 듣고 있던 김 씨가 조심스럽게 끼어들었다.

그런 김 씨의 질문에 재식은 잠시 무언가 생각하더니 대답했다.

"제가 만들 길드에 가입을 하려면 제가 제시하는 계약서에 사인해야 하는데 괜찮겠습니까? 조금 까다로운 조건이 걸린 것이라 이를 받아들이지 않으면 가입할 수가 없습니다."

비록 길드를 만들기 위해선 많은 헌터를 구해야 한다지만, 재식은 그렇다고 아무나 받을 생각은 전혀 없었다.

"그렇다고 누군가를 해친다거나 불법적인 일을 하는데 동원할 생각도 없지만 제 지시만큼은 무조건 따라야만 합니다."

여느 헌터 길드라도 가입 계약 조건은 무척이나 까다로운 편이었다.

하지만 재식은 그런 일반적인 계약이 아니라 정말로 믿고 등 뒤를 맡길 수 있는 사람들로만 길드를 채울 생각이었다.

그런데 사람의 욕심은 끝도 없었다.

탐욕이라는 괴물 앞에선 어느 누구라도 언제 배신을 때릴 지 알 수 없는 일.

재식은 만약 길드를 만들고 운영을 하게 된다면, 자신의 밑에 들어온 헌터의 경우 최소한 헌터 협회에 소속된 수준의 무장을 갖추게 할 생각이었다.

물론 그렇다고 해서 협회의 헌터들과 같은 전투력을 가지진 않을 테다.

그러나 시간이 흐르고 무장한 아티팩트에 익숙해지면 나중에는 충분히 비슷한 수준에 이를 수 있을 것이라 예상했다.

문제는 아티팩트를 사용하다 보면 분명 무구의 가치를 알게 될 것이고 그것을 대여 받고 사용하는 것보단 자신의 소유로 하고 싶은 욕심이 생길 수도 있었다.

그러한 때 이를 통제하기 위해 재식은 특별한 방법을 사용할 생각이었다.

바로 흑마법.

절대로 자신을 배신할 수 없는 방법이 그것에는 존재했다.

만약 배신을 하려 한다면 심각한 부작용이 생기겠지만,

재식은 이러한 방법을 사용하는데 전혀 거리낌이 없었다.

　이미 한 번 배신을 당했다.

　그 고통이 얼마나 심각하고 비참한지 잘 알기에 다시 한 번 경험하고 싶은 생각은 추호도 없었다.

9. 길드 설립

조용한 산길을 걷는 일단의 사람들이 있다.

그들은 혹시나 나올 몬스터를 경계하며 조심스럽게 걷는데, 정작 가장 선두에 선 자는 자신의 뒤에 따라오고 있는 이들이 긴장을 하거나 말거나 아주 태평한 표정이었다.

"그렇게 긴장하지 않아도 돼요. 여긴 코볼트나 놀 정도밖에 나오지 않아요. 아주 드물게 오크가 나오기는 하지만 그 정도야 별거 아니잖아요."

목소리의 주인은 재식이었다.

그는 자신의 아지트이자, 앞으로는 그가 설립할 길드의

본부로 이들을 안내하는 중이었다.

재식은 걸으면서 긴장한 것을 풀어 주기 위해 이곳에 출몰하는 몬스터에 대해 이야기를 들려주려 했지만, 그의 생각과는 다르게 오히려 더 역효과만 났다.

아무리 이들이 중급 헌터라고는 하지만 현재 모두 급하게 연락받고 나오느라 대부분 무기를 착용하고 있지 않았다.

그나마도 주요 무장은 하나도 없고 혹시나 시내를 걷다 돌발 게이트가 발생할 때, 혹은 게이트 브레이크로 풀려난 몬스터와 조우할 때를 대비해 임시로 가지고 다니는 보조 무기만을 들고 있었다.

그러다 보니 만일의 상황, 그것도 오크가 나타날 때를 생각하자 헌터들은 절로 긴장될 수밖에 없었다.

더욱이 이들은 유전자 시술을 받아 중급 헌터가 된지 불과 몇 개월 되지 않았고, 또 실질적으로 몬스터를 사냥한 것 또한 적었다.

경험의 부족과 장비의 부재는 몬스터 필드에서 공포를 불러일으키기에 충분했다.

"조금만 더 가면 되니까 너무 걱정하지 마세요."

자신의 설명에 더욱 긴장하는 그들의 모습을 보며 재식은 속으로 작게 한숨을 쉬었다.

'휴, 중급 헌터라고는 하지만, 생각보다 가르칠 게 많

겠네.'

자신을 보조할 인원을 모으기 위해 길드를 만들려고 하는 것인데, 지금 이들의 반응을 보니 앞으로 갈 길이 너무 먼 것 같았다.

그나마 다행인 것은 몇몇 헌터들만큼은 눈을 빛내며 경계를 늦추지 않고 있다는 것이었다.

두려움보다는 투지에 가까워 보이는 그들을 보니, 그리 희망이 없지만은 않은 것 같아 조금이나마 마음이 놓였다.

만약 모든 사람들이 불안한 모습만 보인다면, 이들을 자신이 만들려는 언체인 길드에 가입시키는 것을 다시 한번 고려해 볼 일이었다.

그렇게 긴장한 채 얼마나 걸었을까, 재식이 멈춰서며 입을 열었다.

"다 왔네요, 저기 전방에 100m 정도 떨어진 곳에 검은 홀 보이시죠?"

100m 떨어진 곳에 작은 점처럼 보이는 것을 가리키며 한 말이었다.

그의 손가락이 향해 있는 지점을 확인하기 위해 뒤에 있던 사람들도 걸음을 멈추고 눈에 힘을 모았다.

"아, 보이네요."

헌터 한 명이 작게 중얼거렸다.

자신들이 가야 할 곳을 확인한 사람들은 조금 전까지와는 180도로 바뀐 표정으로 환히 웃었다.

그동안 알 수 없는 목표 지점을 가기 위해 이들은 부실한 무장을 하고 몬스터 필드를 횡단해 왔다.

인가와 몬스터 필드를 가르는 초소를 넘어서며 혹시나 몬스터를 만날지도 모른다는 두려움 속에서 묵묵히 걸어 왔다.

그러한 상황에서도 혹시 재식이 길드 가입 조건을 테스트하기 위해 그러는 건가 싶어 몬스터에 대한 두려움을 억지로 참아 가며 그의 뒤를 따랐다.

물론 무장만 완벽하다면 중급 헌터로서 이곳 관악산 몬스터 필드는 그리 두려움을 느낄만한 곳은 아니었을 것이다.

비록 공대장이 몬스터 레이드 중에 부상당하기는 했지만, 자신들은 등급보다 높은 몬스터를 사냥한 경험도 있었다.

때문에 현재는 그때보다 인원수가 줄어들긴 했어도, 겨우 오크 정도에 기가 죽지는 않을 게 분명했다.

하지만 무장이 부실한 정도를 넘어 거의 없다시피 한 지금은 경우가 달랐다.

기본적으로 이들의 신체 능력만 따지면 오크에 비해 열세였다.

오크는 하나같이 전투에 들어가면 무척이나 저돌적인 행동을 보였고, 때문에 부실한 무장으로 쉽게 상대할 수 있는 몬스터가 아니었다.

제대로 싸워보지도 못하고 죽을 수도 있다는 공포가 잠식해 갈 때쯤 희망이 보였다.

100m 정도만 더 가면 목표지점에 도착을 할 것이다.

그런 생각이 들자 사람들은 몰래 속을 쓸어내렸다.

   *   *   *

"여기는 앞으로 저희 언체인 길드의 본부로 사용될 던전입니다."

재식은 자신을 따라 아지트에 들어온 사람들을 보며 이곳에 대한 설명을 했다.

'던전을 길드 본부로 사용을 한다고?'

재식의 이야기를 들은 사람들은 모두 깜짝 놀랐다.

지금까지 많은 헌터 길드가 있어 왔지만, 이렇게 던전을 길드 본부로 사용한 곳은 하나도 없었다.

그것도 몬스터 필드에 있는 던전으로는 특히.

상식적으로 몬스터 필드 내에 본부가 존재한다면 그곳을 드나드는 것만으로도 무척이나 위험할 게 분명했고, 그만큼 접근성이 떨어질 수밖에 없었다.

또한 몬스터 필드다 보니 편의 시설 같은 것도 아예 없을 터였다.

그러한 탓에 재식의 말이 끝나기가 무섭게 사람들은 웅성거리며 떠들기 시작했다.

비록 당장 이곳에 몬스터가 없고 또 초소에서 오는 길도 그리 멀지 않았지만, 일반 생활 거주 지역과 몬스터 필드는 너무나 다른 환경이었다.

"조용!"

재식은 웅성거리는 사람들을 진정시키기 위해 크게 소리쳤다.

그러고는 이곳에 대한 설명을 이었다.

"이곳은 모두 지하 3층 구조로 되어 있으며, 지하 1층은… 지하 2층은… 지하 3층은……."

던전 내 구조에 대한 설명과 그곳에 있는 시설과 용도에 대한 설명이었다.

우선 지하 1층은 아직 완성되진 않았지만, 대략적으로 구역을 나눠 몬스터 사육장과 실전 훈련장이 들어서 있었다.

현재는 텅텅 비어 있는 공간이지만, 재식은 길드 구성이 마무리되는 즉시 나서서 헌터들이 실전 훈련을 하는데 필요한 몬스터를 잡아와 이곳에서 사육할 생각을 가지고 있었다.

굳이 위험하게 몬스터 필드를 돌아다니며 실전 훈련을 하게 만들기보단 먼저 이곳에서 훈련하여 감각을 익히고 나중에 실전에 투입하려는 계획이었다.

그리고 지하 2층.

그곳에는 헌터들의 숙소와 수련장이 만들어져 있었다.

이곳은 말 그대로 제대로 된 헌터를 양성하기 위해 마련된 시설로 지하 3층에 있는 재식의 연구소에서 유전자 변형 시술을 받고, 중급 헌터로 적응 훈련을 할 때 함께 사용될 공간이었다.

지하 1층과는 별도로 개인적인 훈련이나 혹은 증강현실[Augmented Reality]을 이용한 훈련을 하는 장소였다.

마지막으로 시설 중 가장 중요한 곳이 바로 지하 3층인데, 이곳에는 몬스터 사냥 중 부상당한 길드원을 치료하는 집중 치료실이 있었다.

또한, 길드 자체 전력을 키우기 위한 유전자 변형 시설이 갖춰진 시술실이 있기도 하고, 무엇보다 중요한 건 재식의 마법 실험실이 이곳에 자리하고 있었다.

재식은 이를 하나하나 설명해 주며 안내했다.

"여긴 사육장에 있는 몬스터를 이용해 실전 훈련을 하는 곳입니다."

재식의 설명을 들으며 지하 2층까지 내려간 사람들이 막

입구에 들어서는 순간, 누군가가 수련하는 소리가 들려왔다.

"하압!"

"마침 반가운 사람이 와 있네요."

재식은 어리둥절한 표정으로 있는 그들에게 웃으며 말하고는 앞장서서 소리가 들리는 곳으로 걸어갔다.

이들이 도착한 방에는 누군가 등을 보이며 운동을 하고 있었다.

덜컹, 덜컹, 삐걱.

그의 몸이 움직일 때마다 기구가 그 힘을 버티지 못하고 소리를 냈다.

"재환이 형님, 운동 중이셨어요?"

재식이 혼자서 열심히 몸을 풀고 있는 사람의 등 뒤로 걸어가 말을 걸자, 뒤에 남아 있던 사람들은 깜짝 놀랐다.

재환은 자신들의 공대장 이름이었고, 그는 일전 레이드에서 심각한 부상을 당해 헌터 병원에 입원한 상태였다.

부상을 입었던 당시 포션을 사용하기는 했지만, 의사는 상당 기간 치료와 요양이 필요하다고 했다.

그 때문에 공대는 반으로 쪼개져 사실상 존재가 사라진 거나 다름이 없었다.

그래서 재식이 새로 길드를 만들고 헌터를 모집한다고 하자 가입을 하려고 이곳에 온 것이었다.

공대 간부 중 한 명인 주성의 권유로 새로운 길드를 보러 온 것이기는 하지만, 이곳에서 전 공대장의 이름을 듣게 되자 괜히 배신한 것 같은 기분에 뜨끔했다.

물론 혼자 운동을 하고 있는 사람이 자신들이 알고 있는 공대장일 것이란 생각은 하지 않았다.

벌써 회복되기에는 그의 부상이 너무나 심각했고, 절대 단시일 내에 움직일만한 상처가 아니기 때문이었다.

그런데 막 문을 넘어가는 순간, 너무나도 익숙한 뒷모습이 보였다.

처음에는 아닐 것이라 생각하던 사람들도 전신을 보게 되자 눈이 휘둥그레 떠졌다.

아직도 병원에서 치료를 받고 있어야 할 재환이 그곳에 있었다.

그것도 단순히 움직일 수 있는 정도도 아니고, 모든 부상이 완쾌된 것은 물론이거니와 조금 전 운동기구를 들어 올릴 때 보인 등 근육만 봐도 지금 당장 몬스터를 잡아도 이상해 보이지 않을 정도로 멀쩡해 보였다.

"대장님!"

"대장!"

몇몇 사람들이 앞으로 나서며 재환을 불렀다.

그 모습을 보기는 했지만, 재환은 그들에게 아는 척을 하기 전에 먼저 자신을 부른 재식을 보며 환하게 웃어 보였다.

"길드장님, 어서 오십시오."

재환은 재식을 보며 이전처럼 동생이라 하지 않고 길드장님이라고 깍듯하게 인사했다.

단체를 가입할 때는 아무리 친분이 있다고 해도 공과 사는 지켜야만 했다.

단순히 잡담이나 독대를 할 때는 전과 같이 불러도 되지만, 그 외의 자리에서는 그 직급에 맞게 존칭을 붙여야 했다.

그러지 않으면 기강이 무너질 것이고, 특히나 신생 길드 같은 경우에는 심각한 내분이 생길지도 몰랐다.

만약 이곳이 길드가 아닌 공대라면 말이 조금 달라지지만, 어쨌든 지금은 재식의 밑으로 들어가는 그가 고개를 숙이는 게 맞았다.

재식은 그런 그의 말에 처음에는 너무 어색하다며 거부했다.

하지만 그 말을 들은 재환이 앞으로 길드원을 충원해도 계속 그럴 것이냐며 나무라는 탓에 억지로 받아들이게 되었다.

그러나 그런 재환의 쓴소리가 썩 기분 나쁘지만은 않았다.

아니, 오히려 재환이 먼저 그렇게 이야기해 주자 마음이 무척이나 가벼워졌다.

솔직히 재식도 단체라면 체계가 잡혀 있어야 한다고 생각을 했다.

친분이 있다고 해서 또는 나이가 많다고 해서 직급이 높은 사람에 대한 호칭을 아무렇게나 할 수는 없는 노릇이었다.

만약 그렇다면 그 집단은 얼마 지나지 않아 망할지도 몰랐다.

믿을 수 있는 사람은 곧 잘 아는 사람이고, 그렇게 친근한 자들이 모일수록 기강이 무너지기 쉬웠다.

하지만 역시나 올곧은 성격의 재환과 주성은 이런 재식의 고민을 사전에 나서서 해결해 주었다.

"부상에서 나았다고 너무 무리하지 마세요."

"네, 알겠습니다. 그렇지 않아도 쉬엄쉬엄하고 있습니다."

재환은 재식의 걱정에 빙그레 미소를 지으며 말했다.

"이분들 시설 안내는 저 대신 형님이 안내해 주시는 것이 어떻겠습니까?"

재식은 무슨 생각인지 여기까지 데려온 사람들을 재환에게 떠넘겼다.

"알겠습니다. 그럼 잠시만 기다려 주십시오. 샤워 좀 하고 나오겠습니다."

"네, 알겠습니다. 그럼 여기 휴게실에서 기다리겠습니다."

"예, 그럼 잠시 뒤에 뵙겠습니다."

재환은 그렇게 인사를 하고는 체육관 한쪽에 마련된 샤워장으로 걸어갔다.

그의 공대원이던 사람들은 조용히 재환이 샤워장으로 들어가는 모습을 지켜보았다.

두 사람이 대화하는 것을 곁에서 들었기에 재환이 자신들에게 아무런 말을 하지 않고 걸어가는 모습이 눈에 밟혔다.

"그럼 우린 휴게실로 가서 기다리죠."

재식은 그렇게 말하며 문을 통해 어디론가 향했다.

그런 재식의 모습에 사람들도 하나둘 뒤를 따랐다.

그런데 얼마 지나지 않아 도착한 곳에는 생각지도 못한 것들이 사람들의 눈을 사로잡았다.

"우와, 이게 다 뭐야?"

누군가의 감탄을 필두로 이곳저곳에서 입이 벌어졌다.

바로 휴게실.

이곳이 몬스터 필드 안에 있는 장소라고는 믿을 수 없을 정도로 잘 갖춰진 휴게실이었다.

안에는 기본적인 시설은 물론이고, 한쪽에는 각종 먹을거리가 쌓여 있는 식료품 저장실이 있었다.

그리고 그 옆에는 음료를 뽑아 마실 수 있는 자판기까지 설치되어 있어, 이를 보고 있는 사람들의 입을 떡 벌어지게 만들었다.

휴게실에는 조리 시설은 물론이고, 당구대나 컴퓨터 게임기 등 오락거리도 널려 있었다.

이를 확인한 사람들은 자신들끼리 떠들며 길드 내에 이런 시설들을 갖춰 놓은 재식에 대해 칭송했다.

*   *   *

언체인 길드의 설립은 일사천리로 진행되어 갔다.

헌터 협회에서는 약속대로 재식이 신청 서류를 넣자마자 바로 헌터 길드 설립을 인가했다.

부족한 헌터의 숫자와 행정을 맡아줄 직원 모집의 경우에는 최수연과 헌터 협회 사무장인 최무식이 도움을 주었다.

헌터 길드의 경우 일반 행정직 직원보다는 길드에 가입한 헌터의 숫자가 매우 중요한데, 재환의 기존 공대를 통해 받아들인 헌터의 숫자는 겨우 20명에 지나지 않았다.

그 때문에 최소 50명은 더 모집해야 하는데, 아무리 재환이나 주성의 발이 넓고 인맥이 좋다고 해도 헌터들을 끌어 모으기에는 한계가 있었다.

하지만 직할대 전대장인 최수연과, 뒤에서 레이드에 필요한 외적인 모든 것을 서포트를 해 주는 사무장 최무식의 인맥에 비하면 아무것도 아니었다.

그렇게 두 사람의 도움으로 상당한 헌터들을 길드로 받아들이면서 재식은 정식으로 신생 길드를 창설할 수 있었다.

그리고 그렇게 가입한 헌터들은 언체인 길드가 비록 신생이기는 하지만, 내부 시설을 확인하고는 결코 중대형 길드에 뒤지지 않다는 것을 깨달았다.

대형 길드에나 볼 법한 회복실이 따로 마련되어 있으며, 헌터들만 사용하는 것이 아니라 혹시 구성원의 가족에게 문제가 발생할 때에도 지원한다는 사실을 재식의 입을 통해 들었다.

뿐만 아니라 헌터들의 훈련 시설이나 프로그램에도 잘 짜여 있었다.

이는 헌터들의 실력 향상은 물론이고, 생존성 확보에도 지대한 영향을 주기 때문에 길드를 고를 때 많이 보는 것 중 하나였다.

이러한 것들 중 재식은 직접 경험한 것들을 토대로 외부에서 구매할 것은 비싸더라도 들여오고, 수제품이 효율이 좋을 경우에는 직접 부족한 것들은 만들어 채웠다.

그리고 헌터들의 훈련 프로그램의 경우에는 연인인 최수연의 도움을 받았다.

협회가 가지고 있는 것 중 일부를 가져왔는데, 길드는 물론이거니와 협회에서도 훈련 프로그램을 외부로 유출하는 건 극히 꺼리는 일이었다.

하지만 최수연의 직위와 또 재식이 그동안 협회에 해 준 일들을 꺼내 들어 김중배의 특별 허가를 받아 낼 수 있었다.

물론 그러한 과정에서 협회가 무조건적인 손해만 본 것은 아니었다.

재식은 훈련 프로그램을 가져오는 대가로 무기 아이템 스무 개를 헌터 협회에 기부했다.

이때, 김중배는 아이템인 것에 약간 실망하기는 했지만, 헌터 코리아 옥션에서 판매된 아티팩트 하나의 가격이 얼마인지 알고 있기에 더 이상의 욕심은 부리지 않았다.

그 마저도 아티팩트에 비해 떨어져 보이는 것뿐이지, 사용해 본 이들은 보다 사용하기 수월한 아이템에 더욱 열광을 했다.

솔직히 각성 헌터에게나 유용한 물건이지, 시술 헌터에게는 비싸기만 하고 효율은 떨어지는 물건이 아티팩트였다.

물론 있으면 몬스터를 잡는 데 도움이 되기는 하지만, 워

낙 비싼 탓에 효율도 그리 뛰어나지 않았다.

아이템의 경우에는 지속 시간이 줄기는 하지만 강력한 대미지로 사냥 시간을 줄여 주기에 기존 자신이 상대하던 몬스터를 훨씬 빠르게 해치울 수 있었고, 혹시 돌발 상황이 발생해 보다 높은 등급의 몬스터를 만나더라도 생존율을 높일 수 있었다.

사실 협회라고 해서 소속된 이가 전원 각성 헌터로만 구성되어 있지는 않았다.

정확히는 각성 헌터보다는 시술 헌터의 비중이 더욱 높았다.

그러다 보니 재식에게 의뢰한 아티팩트가 협회에 구성된 모든 헌터에 돌아갈 수는 없었다.

우선 지급 대상인 각성 헌터들에게 먼저 보급하고서 그 뒤 모든 각성 헌터에게 아티팩트를 지급했다.

그러고 나서야 시술 헌터에게 남은 아티팩트가 지급되었는데, 이때에도 정작 장비가 필요한 낮은 레벨의 헌터는 구경조차 하지 못하고 높은 레벨의 헌터에게 남은 장비가 돌아갔다.

그런 상황에서 아이템이라는 저렴하게 보급 가능한 장비가 나온 것이다.

기존 무기 공방이나 헌터용 장비를 생산하는 대형 공장에서 찍어 내는 그런 것보다 훨씬 성능이 좋은 탓에 때아닌 아이템 쟁탈전이 벌어졌다.

협회장인 김중배는 이를 보다 못해 재식에게 아이템 제작 의뢰를 하기에 이르지만, 안타깝게도 재식은 당분간 아티팩트는 물론이고, 아이템 또한 제작할 생각이 없었다.

아니, 아이템을 제작하더라도 당분간은 외부에 이것들을 풀지 않고 길드 내에서만 소비할 계획이었다.

처음 구상한 것은 언체인 길드에 가입한 모든 헌터들에게 아티팩트를 대여해 줄 생각이었지만, 언감생심 그것의 가치를 알게 된 헌터들이 빼돌려 잠적할 수도 있기 때문에 마음을 바꿨다.

아무리 중급 헌터가 돈을 잘 번다고는 해도 재식이 제작한 아티팩트 하나의 가격은 무려 수백억 원이나 하는 가격이었다.

아니, 주인만 잘 만난다면 이전에 팔린 것보다 훨씬 높은 가격을 받을 수도 있었다.

전에 헌터 코리아 옥션에서 팔린 완드의 경우에는 프리미엄이 붙어, 이전의 두 배가 넘는 가격임에도 절대로 그것을 팔지 않는다는 답변을 해 왔다.

그러다 보니 재식은 혹시나 하는 생각에 헌터들의 등급이 어느 정도 오르지 않는 이상 현재로서는 아티팩트를 대여하지 않고 그보다 떨어지는 아이템을 대여하기로 결정했다.

그것이 재식 본인이나 언체인 길드에 가입한 헌터들 모두에게 이득이라 판단을 했기 때문이다.

길드에 가입한 헌터들에게 들어가는 비용을 줄이는 한편 길드에 충성심을 가질 수 있는 시간을 벌 수 있어 좋았고, 가입한 헌터들의 경우 기존에 사용하던 무기나 방어구에 비해 훨씬 좋은 장구류를 길드로부터 대여 받아 본인의 안전과 사냥 효율을 높일 수 있기에 불만 따위는 터져 나오지 않았다.

나중에 헌터들이 등급이나 레벨이 더욱 오르게 되면 그때 아티팩트를 대여하기로 마음먹었다.

사실 이때는 아무리 아티팩트가 고가라고는 하지만 몬스터 레이드 몇 번에 모을 수 있는데, 굳이 길드의 물건을 빼돌려 범죄자가 될 이유가 없었다.

더욱이 언체인 길드의 복지나 대우는 결코 대형 헌터 길드에 못지않았으니 더욱이 그럴 이유가 없었다.

＊   ＊   ＊

"주성 형님! 좀 더 힘 좀 써 보세요."

"팀장님! 겨우 오크 전사 하나 가지고 너무 시간 끄시는 거 아닙니까?"

많은 헌터들이 커다란 우리 안에서 이뤄지는 전투를 보며 소리쳤다.

이들이 보고 있는 전면에는 마치 고대 로마의 콜로세움을 연상시키는 원형 경기장이 마련되어 있는데, 그 안에는 김주성이 오크 전사와 검투를 벌이고 있었다.

그 모습은 정말이지 고대 로마 시대에 성행하던 검투사들의 전투를 보는 듯했다.

다만, 조금 다른 것이 있다면 그것은 바로 인간은 한 명인데 그를 상대하는 몬스터의 숫자는 다섯이란 것이었다.

그럼에도 주성은 전혀 밀리지 않고 다섯 마리의 오크들을 상대로도 착실히 승기를 잡아가고 있었다.

이미 두 마리의 오크는 숨이 끊어진 건지 바닥에 쓰러져 있고, 또 두 마리는 팔과 다리에 심각한 부상을 입어 제대로 운신하기도 힘들어 보였다.

남은 것은 오크들 중 가장 강한 오크 전사 한 마리만이 남았는데, 녀석은 처음의 기세와는 다르게 주성의 공격에 점점 밀리는 게 눈에 띄었다.

그럼에도 이를 구경하고 있는 사람들의 목소리에는 그것밖에 못하냐는 핀잔 섞인 야유가 쏟아졌다.

"하, 이것들이 진짜……."

주성은 공격을 하다 말고 자신을 야유하고 있는 팀원들을 돌아보았다.

"몬스터를 상대하다 말고 어딜 보는 겁니까!"

"우— 길드장님이 보면 경을 치겠습니다!"

그런 주성을 향해 또 다른 야유가 터졌다.

이 때문에 주성은 얼굴을 더욱 붉히며 악착같이 버티고 있는 오크 전사와 남은 오크 두 마리를 향해 맹렬한 공격을 퍼부었다.

크악—

퍽, 퍽!

명색에 실전 훈련인데, 몬스터와의 전투에 익숙해진 언체인 길드의 헌터들은 이제는 다른 헌터들이 실전 훈련을 할 때면, 이렇게 몰려와 구경하면서 격려를, 또 때로는 지금처럼 야유를 하기도 했다.

그만큼 몬스터와의 전투에 익숙해진 까닭에 실전 훈련이 이들에게는 유흥 거리가 되었다.

물론 여기서 긴장이 풀어지고 또 훈련임에도 술과 같은 알콜성 음료를 마신다면 문제가 되겠지만, 언체인 길드의 헌터들은 그러한 선을 넘지는 않았다.

비록 언체인 길드가 젊은 재식에 의해 최근에 설립된 신생 길드라고는 하지만, 이런 문제에 한해서는 결코 용서하지 않았기 때문이다.

훈련은 어디까지나 훈련같이 해야 한다는 것이 재식의 생각이자 방침이었다.

몬스터를 사냥하는 헌터로서 실전에서 긴장하여 본인뿐

만 아니라 동료까지 위험에 빠뜨릴 수 있기에 이러한 실전 훈련을 하는 것이었다.

다만, 너무 익숙해지다 보니 조금 긴장감이 풀어지기는 했지만, 이를 보고 있는 재식은 굳이 나쁘지 않다 판단했다.

이런 모습은 대격변 이후 인류가 가지고 있는 몬스터에 대한 두려움을 어느 정도 떨궈 낸 것처럼 보이기 때문이었다.

실전에서 재 기량을 발휘하기 위해서는 절대로 몸이 굳어서는 안 됐다.

재식은 언체인 길드 소속 헌터들이 모두 등급에 맞는 몬스터는 혼자서도 잡을 수 있길 원했다.

물론 아직까지 소속 헌터들의 레벨이나 등급이 낮아 충분히 가능했지만, 재식이 원하는 것은 현재 상태에서가 아니라 최소 5등급 몬스터 정도는 일대일이 가능하기를 바란 것이다.

그렇기 때문에 이렇게 길드 본부 내에 커다란 원형 경기장을 만들고, 몬스터를 생포해 와 길드 내에서 안전하게 실전 훈련을 하게 만들었다.

현재까지는 4등급 몬스터만 잡아와 훈련을 하고 있지만, 헌터들의 실력이 더욱 늘어나게 된다면 좀 더 위험 등급이 높은 몬스터를 잡아올 생각이었다.

"주성이 형님, 실력이 많이 늘었네요."

원형 경기장 아래를 쳐다보던 재식이 함께 있는 재환에게 고개를 돌리며 말했다.

"그럴 수밖에, 지난 한 달 동안 얼마나 많은 훈련과 아이템에 대한 숙련도를 높였는데!"

재식의 이야기를 들은 재환이 원형 경기장 아래에서 오크 전사와 전투를 벌이고 있는 주성을 바라보며 답했다.

정말이지 지난 한 달 동안 재환을 비롯한 언체인 길드에 가입한 헌터 모두 피나는 노력을 했다.

그냥 말로만이 아니라, 정말로 피가 나고 뼈가 부러지는 그런 훈련이었다.

다행히 길드 내에 집중 치료실이 있기에 부상은 신경 쓸 필요가 없었다.

그런데 훈련 초기만 해도 종종 몬스터에 의해 부상을 입던 헌터들이 각종 훈련에 숙달되기 시작하며, 실전 훈련에서 점점 더 과감한 움직임을 보이기 시작했다.

어차피 부상은 길드 내에 있는 치료 캡슐에 들어가면 금방 낫는다.

재식은 헌터들의 실력 향상을 위해 전혀 돈을 아끼지 않았다.

가벼운 부상에도 값비싼 포션을 사용했고, 신체 일부가 떨어져 나가는 심각한 부상을 입게 되면 직접 마법을 사용해서라도 헌터들을 회복시켰다.

그러다 보니 헌터들은 즉사할 정도의 부상만 아니라면 길드장인 재식이 어떻게든 치료해 줄 것이란 믿음을 갖고, 몬스터에 대한 두려움을 모두 떨쳐 내고 놈들을 상대하는 데 점점 더 과감해졌다.

그렇게 전투를 벌이다 보니 어느새 언체인 길드원들은 동급의 헌터보다 더욱 뛰어난 몬스터 사냥 능력을 가지게 되었다.

그리고 이들은 아직 모르고 있지만, 길드 본부가 던전이라서 다른 헌터들에 비해 빠르게 등급이 올라가고 있었다.

솔직히 협회에서 측정하는 등급이나 레벨은, 모두 헌터가 보유한 생체 에너지(마력)를 기준으로 측정한 것이다.

즉 몬스터 사냥을 하지 않고 이곳 던전에서 훈련만 해도 레벨을 올릴 수 있다는 이야기였다.

몬스터가 죽으면서 흘리는 마력과 신체를 사용하며 몸에 축적되는 마력은 레벨업의 기본이었다.

그리고 강한 몬스터일수록 죽을 때 많은 마력을 퍼뜨리는데, 헌터도 이때 더욱 많은 마력을 흡수할 수 있었다.

이러한 원리를 알고 있는 재식은 아직까지 헌터 레벨이 낮은 길드원들을 위해, 마력이 풍부한 던전 내에 실전 훈련장을 만들어 훈련시키는 것이었다.

빨리 자신이 원하는 수준의 실력을 갖추길 바라면서.

길드원들의 실력이 더욱 늘어나고, 자신을 보조할 정도가 된다면 재식도 더는 답답하게 자신의 능력보다 떨어지는 몬스터를 사냥하지 않아도 됐다.

현재 대한민국 내에서 네 번째로 강한 자라고 불려도 손색이 없을 능력을 갖춘 재식이지만, 백강현과 성신 길드나 오마르의 기억 속에서 본 검은 산맥과 같던 그 무언가를 생각하면 이대로 안주해선 안 되었다.

아니, 백강현이나 성신 길드는 이제는 그리 걱정되지 않았다.

이미 어스 드레이크의 유전자로 강력해진 육체와 기가스의 심장 덕분에 세밀한 통제가 가능해진 마력으로, 현재 S급 헌터인 백강현도 자신에게 두려운 이가 되지는 못했다.

물론 자신보다 먼저 비슷한 경지에 올랐고, 또 그를 지원하는 성신 길드의 전력이 높아진 것이 껄끄럽기는 했다.

하지만 어스 드레이크의 기억 속에 있는 그것은 생각만 해도 소름이 돋았다.

작년에 백강현에게서 느껴지던 두려움은 비교도 되지 않을 정도로 엄청난 위압감.

언체인 길드를 구상할 때만 해도 그저 백강현과 성신 길드에 대한 견제만 생각했는데, 시간이 지날수록 재식의 머릿속은 백강현과 성신 길드가 아닌, 검은 그 무엇에 대한 두려움만 커져 갔다.

　그러니 전과 같이 다시 한번 그 두려움을 떨쳐 내기 위해 달려 보기로 했다.

10. 제안 II

언체인 길드가 정식으로 헌터 협회의 인가를 받고 설립된
지 세 달이 흘렀다.

그동안 언체인 길드에 소속된 헌터들은 별다른 활동도 하
지 않고 주구장창 길드 본부 내에 만들어진 가상훈련장과
실전 훈련장, 그리고 이론 수업을 병행하며 팀워크를 다졌
다.

그럼에도 길드 본부가 설립된 장소의 특이성과 몬스터를
대상으로 하는 실전 훈련으로 인해 필드를 도는 것 못지않
은 레벨업을 했다.

"오늘부터 저희 길드도 본격적인 몬스터 사냥을 할 것입

니다."

"와!"

재식의 선언에 이를 듣고 있던 언체인 길드 소속 헌터들은 일제히 환호성을 질렀다.

그도 그럴 것이, 이들은 그동안 훈련만하느라 좀이 쑤실 지경이었다.

이론 수업과 가상훈련을 받고, 이들 토대로 실전 테스트를 겸한 훈련을 하다 보니 이들의 레벨도 어느새 40대 초중반에 들어서게 되었다.

이는 언첸인 길드에 가입하기 전에 비하여 무려 10 이상 증가한 레벨이었다.

이 정도 레벨업은 헌터 협회에서도 보고된 바가 없어 한때 진위를 확인하기 위해 문의가 오기도 하였다.

하지만 재식은 길드원들이 대외적인 활동만 중단했을 뿐이지, 헌터로서 본업인 몬스터 사냥을 안 한 건 아니라며 급격한 레벨업의 진실을 숨겼다.

던전이라고 모두 재식이 소유한 길드 부지와 같은 것이 아니었다.

물론 비슷한 곳도 있기는 하지만, 몬스터만 나오는 던전에 어느 누가 길드 본부를 건설할 생각을 할까.

이곳이 다른 데보다 마력이 풍부하다는 것은 사실 재식만 알고 있는 사실이었다.

또 레벨업을 하는 것은 전적으로 몬스터를 사냥하기 때문이라고 믿고 있는 기존 헌터나 학계에, 군이 자신이 알고 있는 비밀을 까발릴 이유가 없었다.

그 비밀을 통해 많은 성장을 해 왔고, 많은 이득도 봤다.

그러나 레벨이 오르고, 또 몬스터에 대한 두려움도 많이 사라진 언체인 길드의 헌터들에게, 더 이상의 길드 본부에서의 실전 훈련은 한계가 있었다.

몬스터야 재식이 잡아 온다고 하지만, 6등급 몬스터부터는 좁은 던전에서 레이드를 하기에는 위험이 컸다.

좁은 공간이 커다란 덩치의 몬스터에게 운신의 폭을 줄이기도 하지만 훈련장은 어디까지나 몬스터에게 익숙해지는 과정을 위한 곳이다.

그러니 군이 위험한 몬스터를 좁은 곳에 가두고, 또 헌터들을 그 속에 집어넣어 훈련이란 명목으로 위험을 무릅쓰게 할 필요가 없다는 소리였다.

처음에야 5등급 몬스터에 허둥대며 빈틈을 보였지만, 이도 여러 번 반복이 되니 익숙해졌다.

40명으로 시작한 레이드에서 회차가 점점 지날수록 숫자가 줄어들었다.

이제는 겨우 10명으로 구성된 한 개 파티 단위로도 5등급 몬스터를 충분히 상대할 수 있게 되었다.

뿐만 아니라 5등급 엘리트 몬스터도 마찬가지로 20명으로 구성된 소형 공대로도 레이드가 가능해졌다.

물론 아직까지 5등급 보스 몬스터까지는 40명 전원으로도 힘들긴 했다.

하나, 이는 보스 몬스터의 공격을 받아 줄 탱커와 그를 치유해 줄 힐러가 없기 때문이었다.

언젠가 포션으로 감당하면 될 것 같아 도전해 봤지만, 아무리 그래도 힐러 만큼의 효과가 없는데다가 오히려 포션 때문에 레이드 도중 사고가 날 뻔했다.

지금 생각해 보면 아찔하면서도 어처구니가 없어 헛웃음이 나올 정도의 사건이었다.

탱커에게 전해 준 포션이 급박한 전투 중 깨지면서 그는 물론이고, 몬스터까지 영향을 받아 상처가 치료되어 버린 것이었다.

그 탓에 더욱 광분해 날뛰는 몬스터로 인해서 자칫 큰 피해를 볼 뻔했지만, 길드장인 재식이 이를 지켜보다가 끼어들어 큰 사고가 벌어지지는 않았다.

그 뒤로 5등급 보스 몬스터에 대한 사항은 잠시 뒤로 미루기로 했다.

재식이 판단하기에 힐러를 구하거나 다른 방법을 찾지 않는 한 사냥에 무리가 있다는 생각에서였다.

사실 재식의 입장에선 굳이 힐러를 구할 필요가 없었다.

알고 있는 마법 지식을 조금만 응용한다면 충분히 극복할 수 있지만, 길드 설립 초기에 모든 일에 나서서 문제를 해결하다가는 자신에게 너무 의지할 수 있었다.

때문에 아직은 길드원들이 조금 더 고생하면서 소속감을 돈독하게 하는 것이 좋다고 생각했다.

재식이 이러한 판단을 하는 데는 군대에서 경험한 것이 지대한 영향을 끼쳤다.

전국 각지에서 몰려와 다양한 군상이 무리 짓는 곳이 바로 군대였다.

더욱이 군에 입대한 신병들은 모두가 혈기 왕성한 20대 초반의 청년들이었으니…….

그런 청년들이 한곳에 모여 누군가에게 통제를 받고 온전한 정신을 유지한다는 것은 쉬운 일이 아니었다.

그렇기에 군대에서 종종 사건 사고가 일어나는 것이기도 했다.

다만, 군대는 오랜 기간 지속되면서 이러한 혈기 왕성한 청년들을 다루는 법을 알고 있었다.

청년들이 딴생각을 하지 못하게 정신없이 돌리는 것이 그 이유였다.

처음 군에 입소한 신병들에게 교관과 조교들은 정신없이 호통과 얼차려로 정신을 쏙 빼놓고 교육을 실시한다.

그렇게 훈련을 받다 보면 정신을 차린 신병은 어느새 한 사람의 군인이 되어 있다.

그리고 함께 고생한 옆에 있는 사람과 진한 전우애를 느 낀다.

재식은 이러한 경험을 바탕으로 길드원들의 유대감을 끌 어올릴 생각이었다.

이렇게 하나가 된 뒤에 각종 보상을 통해 본격적으로 사 기를 진취시키고, 이들과 함께 길드를 발전시켜 나갈 계획.

이러한 계획의 첫 단추가 바로 오늘이었다.

언체인 길드의 대외적 활동이 시작하는 오늘, 팀 단위로 북한산 몬스터 필드에 나가 사냥을 할 예정이었다.

사전에 협회에 신청을 해 놔서 북한산 몬스터 필드에 들 어가는 것은 간단한 절차로 가능했다.

"혹시나 해서 말하지만, 팀장님들은 성과를 내기 위해 무 리한 행동을 하지 마시기 바랍니다."

재식은 필드에 들어가기 전 주의 사항을 각 팀에 숙지시 켰다.

오늘 사냥은 그저 각 팀이 그동안 얼마나 훈련을 열심히, 그리고 집중했는지 테스트를 하는 것뿐이다.

몬스터 사냥으로 돈을 버는 것이 목적이라면 굳이 이렇게 까지 할 필요가 없었다.

아니, 훈련보다는 하급 필드라도 돌아다니게 만들어서 경 험과 돈을 조금이라도 더 챙겼을 것이다.

재식의 계획은 몬스터에 의해 점령된 옛 북한 땅을 수복하고 그곳에 정식으로 언체인 길드의 본부를 세우는 것.

헌법에 따르면 대한민국의 영토는 남북한 모두를 포함한, 한반도 전체와 부속 도서로 한다고 나와 있다.

하지만 현실은 북한이 붕괴돼도 몬스터 때문에 통일을 할 수 없었고, 영토로도 주장할 수가 없었다.

때문에 협회가 설립되기 이전부터 정부는 누구라도 북한 지역을 수복하는 이에게 그 땅에 대한 권리를 넘긴다고 했다.

다만, 차후 수복한 땅에서 나오는 수익에 대한 세금만 정부에 납부하는 조건으로 말이다.

길드가 커지면 던전에만 있을 수는 없었다.

그러니 자신만의 땅을 가지고 그곳에 번듯한 길드 건물을 올리고 싶었다.

재식은 힘이 있는 지금, 어린 시절 철모를 때 가진 꿈을 한번 펼쳐 보기로 결심했다.

자신은 특별한 육체와 아무도 모르는 마법적 지식들, 그리고 아티팩트를 만들 수도 있었다.

이것들을 지키기 위해선 세력이 필요한 탓에 길드를 만들었다.

또한 다른 조건들도 필요한데, 그곳이 바로 몬스터 왕국인 북한 땅이었다.

그곳을 수복하기 위한 예행연습으로 오늘 북한산 몬스터

필드를 찾은 것이었다.

여기마저 익숙해지면 재식은 언체인 길드원들을 데리고 강원도 몬스터 필드로 갈 생각이었다.

그리고 거기에서도 적응하고 헌터 등급이 더 오르면, 정비를 한 뒤 북쪽에 있는 몬스터 왕국으로 들어갈 계획이었다.

대한민국 대 몬스터 전선이 펼쳐진 최전선에 말이다.

*   *   *

스윽!

길드원들이 팀 단위로 필드에 들어서는 것을 지켜본 재식은 아무도 모르게 멀찍이서 그들의 뒤를 따랐다.

비록 북한산 필드가 강원도나 북한 땅에 있는 몬스터 필드에 비해 많은 것이 알려져 있긴 해도, 종종 예상치 못한 위험 등급의 몬스터가 출현하기도 했다.

그러니 아직까지 5등급 엘리트 몬스터 정도나 상대할 수 있는 그들만 보내 놓고 기다리기에는 재식의 마음이 못내 불안했다.

특히나, 한 때 만나 본 다이어 울프 무리라도 나타난다면, 위험한 상황이 속출할 게 뻔했다.

다이어 울프와 길드원들 간에 레벨 차이는 거의 없지만

특유의 힘과 민첩성, 그리고 교활한 지능은 이러한 사냥 법에 익숙하지 않으면 고전을 면키 어려웠다.

그나마 조금 안심이 되는 것이 있다면, 길드원들에게 대여해 준 무기와 방어구가 일반적인 장비가 아니란 점이었다.

본인의 힘과 민첩성을 늘려 주는 것은 물론이고, 무기의 강도와 날카로움까지 더하는 것들이었다.

다만, 기능을 사용하게 된다면 체력은 급격히 줄어들 테지만, 그래도 심각한 부상이나 죽는 것보다는 나았다.

뿐만 아니라 혹시나 부상을 당할 때를 대비하여 신속하게 상처를 치유하기 위한 포션도 나눠 주었다.

그것들 모두 재식이 직접 챠콥의 기억을 토대로 만든 수제품이었다.

효과는 적고 값만 비싼, 시중에서 팔고 있는 그런 제품이 아니라, 회석되지 않고 제대로 만들어진 포션이기에 약효만큼은 탁월했다.

그러한 대비들이 되어 있기에 재식은 특별한 위기가 아니라면 길드원들이 부상을 당하더라도 나서지 않을 생각이었다.

오늘 언체인 길드의 몬스터 사냥은 어디까지나 길드원들의 행사였다.

재식은 들키지 않을 정도로 떨어진 곳에서 마력을 풀어

주변 상황을 살폈다.

그는 계속해서 움직임에도 산개한 길드원들이 중심에 언제나 자리를 잡고 있었다.

ᄂ그래야만 언제, 어느 곳에서 사고가 터져도 대응할 수 있었다.

'흠, 아직까진 순조롭게 진행되고 있는 것 같군.'

헌터들은 어느새 북한산 몬스터 필드 곳곳에 자리 잡아 사냥감을 찾는 것에 집중하고 있었다.

사전에 미팅을 통해 이곳에 서식 또는 출몰하는 몬스터의 종류와 그것들의 습성에 대해서 배우고 익혔다.

이곳 북한산 몬스터 필드에서 가장 많이 접하는 몬스터는 의외로 트롤이 많았다.

보통 먹이사슬에 따라 먹잇감인 오크나 고블린들이 많이 보여야 함에도 희한하게 북한산 몬스터 필드는 그것들을 많이 볼 수가 없었다.

아니, 정확히는 몬스터가 서식하는 곳에는 동물들이 살지 않은 편인데, 이곳에는 러시아나 캐나다에서나 볼 수 있을 법한 순록이 사방에 분포해 있어 트롤 등, 상위 몬스터들의 먹이가 되곤 했다.

언체인 길드의 헌터들도 필드를 돌아다니면서 순록을 종종 목격하기는 했지만 굳이 그것들을 잡으러 온 것은 아니기에 그냥 지나쳤다.

다만, 그런 곳에는 몬스터들이 있을 확률이 높기에 긴장의 끈을 놓지 않고 주변을 살피는 그들의 행동이 예민한 탐지에 포착됐다.

그러던 와중 한 팀이 트롤과 전투를 벌이는 게 느껴졌다.

'오, 벌써 사냥에 들어간 팀이 있네!'

어느 한 팀이 트롤과 전투를 벌이는 중이었다.

그리고 다른 곳에서도 얼마 지나지 않아 마주칠 것으로 보였다.

처음 개전을 알린 곳의 몬스터는 트롤이 아니라 미노타우로스였다.

5~7등급까지 상당한 편차가 있는 위험한 몬스터지만, 지금 느껴지는 감각으로는 5등급 엘리트에 미치지 못하는 녀석으로 느껴졌다.

재식은 혹시 모를 사태에 대비해 미노타우로스와 조우하게 된 팀 근처로 이동했다.

제아무리 5등급 몬스터와 많은 실전을 한 그들이더라도, 필드에서는 변수가 발생할 수 있었다.

모든 것이 헌터에게 맞춰져 있는 훈련장과 다르게 필드는 모두에게 공평한, 아니, 어쩌면 몬스터에게 조금은 유리한 지형일 수도 있었다.

그러니 재식은 절대로 몬스터를 상대로 쉽게 단정하지 않았다.

자신보다 낮은 등급의 몬스터라도 방심하면 순간 위험해질 수 있다고 생각하고 있어야만 했다.

다만, 그건 어디까지나 재식 본인의 생각.

교육 중에 틈틈이 강조를 넘어 강요하다시한 내용이지만, 언체인 길드의 소속 헌터들은 이런 재식의 주입식 교육에도 어떤 행동을 할지는 예측할 수 없었다.

"다행이네."

재식은 막 미노타우로스와 전투에 들어간 팀을 확인하고는 안심했다.

바로 팀의 리더가 재환이기 때문이었다.

그는 언체인 길드에서 길드장인 재식을 빼고 가장 임기응변이 뛰어난 헌터 중 하나였다.

그런 재환이 있는 팀이라면 미노타우로스를 상대로 별다른 피해 없이 전투를 마무리할 수 있을 것이라 생각했다.

그리고 실제로도 전투의 양상은 짐작대로 진행되었다.

재환은 미노타우로스를 상대로 전혀 무리하지 않았다.

전면에 보이는 놈이 엘리트나 상위 등급의 것은 아니지만, 미노타우로스 하면 생각나는 것이 바로 힘이다.

그것만큼은 숲의 사냥꾼이라 불리는 오거에 못지않은 몬스터가 바로 미노타우로스였다.

다만, 오거는 사냥꾼이라는 별명답게 그 덩치와 힘에 믿기지 않을 정도로 교활하고, 은신과 기습도 잘하는 몬스터인 것에 비해 미노타우로스는 저돌적인 몬스터였다.

다행히도 현재 재환의 팀이 놈을 상대하는 곳은 던전이나 동굴같이 좁고 한정된 장소가 아닌, 넓고 장애물이 많은 숲이었다.

커다란 덩치의 미노타우로스의 행동을 방해하는 나무들이 빽빽한, 그런 장소 말이다.

재환은 이러한 장소의 이점을 십분 활용하여 사냥하고 있었다.

"재형, 준수, 준식, 윤호. 이렇게 네 명이 차례로 그물을 던져 움직임을 방해한다."

"네, 알겠습니다."

동시에 대답한 그들 네 명은 재환의 지시대로 강철 와이어로 제작된 그물을 미노타우로스를 향해 던졌다.

그들이 던진 그물은 특수 제작된 것으로 뿔이나 신체 어느 부위에 걸리든 끝에 설치된 갈고리가 움직임을 제약할 것이었다.

더군다나 그물이 네 개가 쌓이면 상당한 무게이기까지 했다.

그러다 보니 미노타우로스는 마치 올무에 걸린 황소 마냥 제자리에서 거칠게 날뛰었다.

이에 그물을 잡고 있던 네 사람은 힘을 버티지 못하고 몸을 움찔하긴 하지만, 딱 그 정도에서 멈췄다.

곧 대기하던 헌터들이 미노타우로스를 향해 짓쳐들어왔다.

"죽어라!"

고함과도 같은 괴성을 지르며 칼이나 창 등, 각자가 들고 있던 무기를 그물에 걸린 미노타우로스의 몸에 내질렀다.

하지만 미노타우로스가 괜히 위험 등급이 높은 몬스터가 아니었다.

놈의 검은 피부는 마치 강철 같아 헌터들의 창과 칼을 막아 냈다.

그렇다고 그들의 공격이 아예 통하지 않은 것은 아니었다.

생각보다 깊지 않을 뿐, 그물에 걸려 허우적거리는 미노타우로스에게 하나둘 상처가 생겨났다.

*   *   *

쿠웅!

헌터들을 상대로 꽤나 버티던 미노타우로스가 누적된 대미지를 감당하지 못하고 쓰러졌다.

5등급 끝자락에 걸쳐 있던 몬스터라 하지만, 아직 엘리트 등급에 이르지 못한 객체기에 미노타우로스는 그리 오래 버티지 못했다.

게다가 재환의 팀과 미노타우로스의 상성이 좋지 못한 것도 있어 생각보다 더 오래 걸린 이유도 있었다.

"휴, 생각보다 미노타우로스 잡는 것이 쉽지 않네요."

"그러게. 그래도 상성이 맞지 않은 것 치고는 잘 싸웠어. 모두들 수고했다."

길드로부터 뛰어난 무기와 방어구까지 지급받아 사냥을 하는데, 기본 장비로 진행된 실전 훈련 때보다 못한 결과를 낸 것이 불만인 재환이었다.

길드 본부에서의 실전 훈련은 직접 몬스터를 상대로 레이드를 하는 것이 맞지만 그래도 어디까지나 훈련일 뿐.

그렇기에 실전 훈련을 하는 헌터들은 모두 기존에 가지고 있던 무기를 사용해 왔다.

방어구야 안전을 위해, 그리고 새로운 장비에 익숙해지라는 의미에서 지급되지만 무기만큼은 아니었다.

그럼에도 길드원들의 실력은 금세 상승하여 5등급 엘리트 몬스터도 잡을 수 있게 됐다.

그런데 이번에는 무기까지 아이템으로 새롭게 갖춤에도 불과하고 일반 몬스터에게 생각보다 고전했다.

전투 초반에 재식이 가르쳐 준 대로, 강철 그물로 미노타우로스의 운신을 방해하고 사냥에 들어간 것이 주효했다.

만약 그렇지 않고 기존에 자신들이 알고 있는 방식으로 레이들을 하려고 했다면, 아이템으로 도배하고서도 몇몇 헌터들은 심각한 부상을 당할 수도 있었다.

그만큼 상당히 까다로운 몬스터였다.

미노타우로스는 속성으로 따지면 금(金)속성을 띠고 있었다.

그 말이 무슨 말인가 하면, 물리 대미지에 상당한 저항력을 가지고 있다는 소리였다.

만약 재환의 팀에 화염이나 번개 속성의 헌터가 있다면, 레이드는 의외로 금방 끝날지 몰랐다.

하지만 현재 재환의 팀은 물론이고, 언체인 길드 전체에 각성 헌터는 한 명도 없었다.

그들 모두가 시술 헌터로서 물리 대미지를 기반에 둔 공격이 대부분이기에, 금속성의 미노타우로스에게 타격이 잘 들어가지 않는 건 어쩔 수 없는 일이었다.

그나마 길드에서 나눠 준 아이템으로 인해 놈의 단단하고 질긴 피부를 뚫고 피해를 입힌 게 다행인 일이었다.

재환의 팀을 조용히 지켜보던 재식은 흐뭇하게 미소 지었다.

사실 그들이 미노타우로스를 사냥하는 것에는 별다른 걱정이 없었다.

처음부터 재식의 조언대로 그물을 던져 움직임을 방해하는 모습을 보는 순간, 걱정을 떨쳤다.

다만, 일반 등급의 몬스터이기는 해도, 상성이 좋지 못한 탓에 어떻게 사냥을 진행하는지 궁금해 지켜보았다.

특별한 방법으로 위기를 헤쳐 나간 것은 아니지만, 착실하고 안정적으로 녀석을 공략했다.

그것만으로도 충분하기에 재식의 입가에 미소가 피어오른 것이었다.

한편, 다른 팀들은 트롤이나 그 이하의 몬스터를 상대로 순조롭게 사냥을 끝내고 또 다른 목표를 찾아다니고 있었다.

그런데 그 모습이 조금은 위태위태해 보였다.

아무래도 새롭게 지급된 무기는 기존에 것을 훨씬 뛰어넘는 위력을 보여 주는 탓에, 어느 순간부터 몬스터에 대한 두려움도 잊고 사냥의 흥분으로 물들기 시작했다.

그나마 다행인 것은 처음 사냥에 들어가기 전, 이들에게 강조한 걸 잊지 않고 확실히 지키고 있다는 것이었다.

재식은 북한산 몬스터 필드에 출몰하는 다이어 울프 무리를 생각해 절대 개별 행동을 하지 말라 단단히 주의를 줬다.

일전에 5등급 끝자락에 있을 때조차 다이어 울프 무리에게 곤욕을 치른 적이 있었다.

물론 당시에 트롤과 전투를 벌이던 상황이라고는 하지만, 숫자상으로 너무나도 많은 차이가 나기에 재식은 무조건 도망쳤다.

아무리 다이어 울프가 4등급에 지나지 않는다 하더라도, 다수로 무리지어 있을 때는 개체의 위험 등급 따위는 불필요한 수치에 불과했다.

다른 헌터들의 경우에도 다이어 울프의 낮은 위험 등급에 속아 함부로 덤벼들다가 낭패를 보는 경우가 왕왕 있었다.

물론 그 결과가 다이어 울프의 한 끼 식사거리가 된 것이니 일반적인 낭패라는 단어와 조금 다르긴 했다.

어쨌든 그렇기에 재식은 이곳 북한산 몬스터 필드에 오면서 언체인 길드원들에게 몇 번이고 강조했다.

— 등급이 높은 몬스터는 공격 하나하나가 무섭긴 하지만 피하면 그만이다.
— 그러나 다이어 울프같이 다른 집단을 이루는 몬스터의 경우에는 비록 등급이 낮다고 해도 이를 경시해선 안 된다.

인간이 지구상 먹이사슬 최정점에 오른 건 크고 강해서가 아니라 집단을 이루고 또 맹수들이 가진 무기에 대응하기 위해 무기와 방어구를 개발하는 등, 보다 효과적인 방법을 위한 연구와 보완을 통해 이룬 성과였다.

그러나 몬스터가 나타나며 인간은 다시금 위기를 맞았다.

몬스터는 짐승보다 강하고, 자신들만의 사냥 방법까지 가지고 있어 상대하기가 껄끄러웠다.

물론 월등히 강하다면 상관없지만, 헌터들이 몬스터를 상대로 그런 능력차를 보이기란 쉽지 않았다.

몬스터의 등급이 오를수록 힘의 차이는 역전이 되고, 이내 기하급수적으로 늘어나기 때문이었다.

그러니 헌터들도 인간이 맹수를 사냥하듯 집단으로 언제나 숫자의 우위를 점할 필요가 있었다.

그것이 비록 자신보다 낮은 등급의 몬스터라 하여도.

＊　　　＊　　　＊

언체인 길드의 첫 사냥은 성공적으로 끝났다.

몇몇 헌터들이 방심하여 부상을 입기는 했지만, 그것은 가지고 있던 포션으로도 충분히 치료가 가능한 정도였다.

그래서인지 처음에 보인 긴장과 실력에 대한 불확실함이 많이 수그러들어 상당히 고무돼 있었다.

재식은 그런 길드원들을 보며 뿌듯한 느낌을 받기도 했지만, 몇몇 부분에서는 아쉬운 생각이 들기도 했다.

그렇지만 그건 어쩔 수 없는 일.

이들 중 협회를 통해 들어온 헌터들을 제외하고는 유전자 변형 시술을 받고 중급 헌터가 된 지 얼마 되지 않았기 때문이다.

원래라면 이들이 지금의 경지에 오르기까지 짧게는 1년에서 길게는 3년은 잡아야만 했다.

하지만 체계적인 훈련과 재식의 아낌없는 지원으로 인해 빠르게 성장했고, 그러다 보니 실질적으로 몬스터를 사냥하는 데는 아쉬운 점이 그대로 표출되었다.

다행히도 이러한 것은 시간이 해결해 줄 수 있는 문제이고, 또 그걸 단축할 수 있는 방법도 몇 가지 알고 있었으니 말이다.

그 방법 중 하나로 아직 미뤄 두었던 아티팩트 지급이 있는데, 이는 아직은 시기상조라는 판단에 다른 해결책을 생각해 냈다.

그런데 그 방법은 챠콥이 자신의 등급을 올리기 위해 실시한 실험과 비슷했다.

다만, 챠콥의 방법은 심장에 직접적으로 마력진을 새겨 넣는 거였지만, 재식은 굳이 그런 위험한 방법까지 사용할 생각이 없었다.

그가 생각한 방법이 효율성은 조금 떨어지기는 해도, 현재 언체인 길드의 소속 헌터들에게는 이보다 더 좋을 수가 없을 터였다.

언체인 길드 소속 헌터들은 각성 헌터가 아닌 전원이 시술 헌터.

그러다 보니 심장보다 다른 곳에 마력진을 새기는 것이 좋았다.

재식은 그 장소를 갈비뼈들이 모이는 명치에 마력진을 새겨 넣기로 했다.

이는 아주 고전적인 방법인데, 심장에 마력진을 새기기 전까지 칸트라 차원의 마법사들이 이용하던 방법이었다.

물론 마법사보단 전사들이 주로 이용하긴 하지만, 챠콥의 기억 속에서 찾은 이 방법은 시술 헌터들에게도 딱 맞아 떨어졌다.

그렇다고 아무나 붙들고 이것을 시행할 생각은 없었다.

이것은 유니콘 제5전대에게 아티팩트를 제작해 준 것만큼이나, 시술 헌터들에게 엄청난 시너지 효과를 보여 줄 방법이기 때문이었다.

아마 이러한 게 알려지면 많은 시술 헌터들이 재식에게 몰려와 자신에게 시술해달라고 부탁해 올 것이 뻔했다.

게다가 협회장인 김중배도 적극적으로 나서서 재식을 설득할 것이 분명했다.

그는 자신의 임기 중 몬스터에 의해 점령된 북한 땅까지 수복하려는 욕심을 가지고 있었다.

그렇기 때문에 만약 재식이 제작한 아티팩트가 옥션에서 그렇게 비싼 가격에 팔려 나가지 않았다면, 처음 계약한 것처럼 끝까지 입장을 고수했을 것이었다.

보다 자신의 꿈에 빠르게 접근할 수 있는 방법이기 때문에.

하지만 아무리 올바르고 좋은 이상이라도 한 사람에게 무조건적인 희생을 강요할 수는 없는 일이었다.

누구는 돈을 많이 벌 수 있어 좋지 않느냐고 말할 수도 있지만, 막상 위협을 받는 입장에서는 이를 받아들일 사람은 아무도 없을 것이다.

게다가 재식 정도의 힘을 가진 사람이 누군가의 강요로 움직이지는 것은 더욱이 말이 되지 않았다.

그러니 김중배로서는 어떻게든 재식과 가깝게 지내는 것이 최선이라 판단해 가치를 모를 때 맺은 계약을 과감하게 버렸다.

물론 아무런 성과도 없는 것은 아니었다.

예전 아티팩트 계약을 맺은 것과 비슷한 수량을 아이템으로 대체하기에 그 정도로도 김중배는 흡족한 미소를 지을 수 있었다.

이것은 처음 계약을 파기한 것보다는 조금 뒤에 이루어졌지만, 어찌 되든 협회나 그에게 손해 가는 계약은 아니었다.

그때도 그리 좋아하며 달려들었는데, 이번에는 무기나 방어구가 아닌 헌터 본인의 실력을 늘리는 방법이었다.

이는 장비를 사용해 실력이 늘어나는 것과는 차원이 다른 문제였다.

아티팩트나 아이템이 헌터의 능력을 증폭해 주는 증폭기라면, 재식이 생각한 시술은 헌터 본인의 실력을 늘려 주는 것이었다.

때문에 장비로 다시 한번 증폭할 수 있으니, 그 능력 향상 정도는 단순히 계산해도 세 배 이상은 나올 것이었다.

그러니 이러한 사실이 외부에 알려지게 된다면 탐욕을 가지는 이들도 생길 것이고, 가질 수 없다면 아예 파괴하려는 세력이 나올지도 몰랐다.

그 대표적인 이들이 바로 범죄자들이다.

헌터들이 강해질수록 범죄자들의 운신의 폭이 줄어들게 된다는 것은 불 보듯 뻔한 사실이다.

그러니 분명 그들은 재식에 대해 알게 되는 순간 테러를 감행할 수도 있었다.

물론 자신이 그런 것에 당할 거라 생각하지는 않지만, 엄한 놈 옆에 있다가는 불똥이 튄다고 했다.

재식 본인이야 손에 꼽는 강자가 되었으니 귀찮을 따름이지만, 그 주변 사람들은 달랐다.

최수연이 아무리 강력한 헌터라도 그녀보다 강한 헌터나 범죄자는 있고, 또 재식의 부모님 또한 안전장치로 아티팩트가 있지만 언제나 위험은 도사리고 있었다.

그렇기에 그러한 비밀은 오랫동안 알려지지 않는 것이 모두에게 좋았다.

그렇기 위해선 믿을 수 있는 소수에게만 먼저 제안하고, 그들이 받아들이면 시술을 하기로 결정했다.

우선 가장 먼저 제안할 사람은 누가 뭐라 해도 재환과 주성이었다.

두 사람은 언체인 길드 내에서 믿을 수 있는 사람 중 가장 선두에 있는 사람들이었다.

*　　　*　　　*

똑똑.

"들어오세요."

재식은 길드 내에 있는 자신의 집무실에서 앉아 있다가 노크 소리에 대답했다.

"부르셨습니까?"

"불렀어?"

가장 먼저 말을 한 것은 재환이었고, 두 번째로 말을 한 것은 주성이었다.

재식은 두 사람을 자신의 길드로 끌어들이면서 단체로 있을 때는 어쩔 수 없지만, 사적인 자리에서는 편하게 이야기하자고 했었다.

그러나 고지식한 재환은 위계질서를 지켜야 한다는 취지

에서 그냥 자신이 생각대로 존칭을 사용한다고 고집을 부렸다.

반대로 주성은 외향적이고 털털한 성격 탓에 재식의 제안을 냉큼 받아들여 다른 사람들과 함께 있을 때는 말을 아꼈다가 이렇게 개인적으로 볼 때면 예전처럼 편하게 대했다.

"네, 어서 오세요."

재식은 두 사람의 질문에 미소를 지어 보이며 그들을 맞았다.

"어떤 걸로 드실래요?"

두 사람이 들어오고 재식은 자리에서 일어나 집무실 한쪽에 마련된 탕비실로 걸어가며 물었다.

언체인 길드는 사무직원이라고 해서 커피를 타거나 하는 잡무를 전혀 하지 않았다.

그저 자신에게 맡겨진 업무만 열심히 하고, 그 외의 것은 필요한 사람이 알아서 찾아 움직이면 됐다.

그렇기에 길드장인 재식이 손님을 맞아 직접 음료를 준비하는 것이었다.

"괜찮습니다."

"난 커피!"

역시나 두 사람은 다른 반응이었다.

이에 재식은 다시 한번 미소를 지어 보이며 이야기를 시작했다.

"길어질 수도 있으니 형님도 같이 드세요."

재식은 거절하는 재환에게 억지로 커피를 가져다줬다.

그런 재식의 말에 재환은 쓴 웃음을 지으며 자신의 앞에 놓인 커피를 바라보았다.

격 없이 대하는 그의 행동이 걱정스러우면서도 한편으로는 따뜻했기 때문이었다.

"그래, 무슨 일로 우릴 부른 거야?"

커피를 한 모금 마신 주성이 재식을 바라보며 물었다.

"음, 헌터들의 실력을 향상시키기 위해 또 다른 시술을 하려고 합니다. 그리고 이것은 어디까지나 지원자에 한해서만 해 줄 거고요."

"시술? 지원자?"

재환과 주성은 유전자 변형 시술을 받은 자신들에게 또 다른 시술을 한다는 것이 무슨 뜻인지 이해할 수가 없었다.

그런 재환과 주성의 시선에 재식은 담담하게 입을 열었다.

"헌터들이 어떻게 해서 강해지는지 알고 계시지요?"

재식의 질문에 주성과 재환은 말없이 고개를 끄덕였다.

그런 두 사람의 모습을 본 재식은 본격적인 설명을 시작했다.

하나하나 얘기가 나오고, 그럴 때마다 주성과 재환의 표정은 수시로 바뀌었다.

너무나도 엄청난 얘기를 하고 있었기 때문이었다.

인간의 몸에 몬스터의 마정석 같은 걸 박고, 주변에 마법진을 새긴다고 하니 놀라지 않을 수가 없었다.

거기에 실력은 일취월장할 것이고, 이는 죽기 전까지 계속된다는 말에 두 사람의 눈은 믿을 수 없다는 듯 번쩍 뜨여있었다.

직업이 직업이다 보니 강함을 추구하는 것은 당연했고, 이제 30대 중반으로 들어가는 두 사람의 힘에 대한 욕심은 어쩌면 당연한 것인지도 몰랐다.

그런 두 사람의 반응에 재식은 뿌듯해졌다.

〈『헌터 레볼루션』 9권으로 계속…〉